पौराणिक ग्रंथों में नारी शक्ति की कहानियाँ

पौराणिक ग्रंथों में नारी शक्ति की कहानियाँ

सुधा मूर्ति

प्रकाशक • **प्रभात प्रकाशन प्रा. लि.**
4/19 आसफ अली रोड,
नई दिल्ली–110002

संस्करण • 2025
मूल्य • चार सौ रुपए
अनुवाद • आनंद कुमार राय
मुद्रक • नरुला प्रिंटर्स, दिल्ली

Pauranik Granthon Mein NARI SHAKTI KI KAHANIYAN
Stories by Smt. Sudha Murty ₹ 400.00
(Hindi translation of 'THE DAUGHTER FROM A WISHING TREE')
Published by Prabhat Prakashan Pvt. Ltd., 4/19 Asaf Ali Road, New Delhi-2
e-mail: prabhatbooks@gmail.com ISBN 978-93-90366-05-7

जॉन शॉ को
महिलाओं की शक्ति पर
विश्वास करने के लिए

भूमिका

मैंने जब पौराणिक कथाओं में वर्णित नारी चरित्रों के विषय पर पुस्तक लिखने का मन बनाया और फिर शोध की शुरुआत की तो जल्दी ही निराशा हुई और मोहभंग होता दिखा। मैंने देखा कि ऐसा साहित्य न के बराबर है, जिसमें स्त्रियों की ओर से निभाई गई महत्त्वपूर्ण भूमिका आकर्षण का मुख्य केंद्र हो। इसमें कोई संदेह नहीं कि इन स्त्रियों में सबसे लोकप्रिय 'महाभारत' की द्रौपदी एवं 'रामायण' की सीता और फिर पार्वती हैं, जो एक ऐसी देवी की सशक्त भूमिका निभाती हैं, जो राक्षसों का वध करने और अपने भक्तों की रक्षा करने में दक्ष थीं। सच तो यह है कि हमारे देश की कई नदियों को भी देवी माना जाता है। इसके बावजूद इन स्त्रियों के विषय में कही-सुनी जानेवाली कहानियों की संख्या उन कहानियों की तुलना में पता नहीं इतनी कम क्यों है, जिनमें पुरुषों की चर्चा है? जो साहित्य उपलब्ध है, उसमें भी बार-बार वही बातें दोहराई गई हैं और स्त्रियों को हमेशा ही किसी के अधीन या छोटी भूमिका में दिखाया गया है और आज भी उन्हें उतना महत्त्व नहीं दिया जाता है।

संभवतः इसका कारण यह है कि हमारा समाज परंपरागत रूप से पुरुष प्रधान रहा है, या इस कारण कि पौराणिक कथाएँ अधिकतर पुरुषों द्वारा लिखी गई हैं। वैसे, इसकी संभावना सबसे अधिक है कि इन दोनों कारणों की वजह से ही ऐसा हुआ होगा।

एक प्रसिद्ध श्लोक इस प्रकार है—

यत्र नार्यस्तु पूज्यन्ते
रमन्ते तत्र देवता:।

इसका अर्थ है कि जहाँ नारियों का सम्मान होता है, वहाँ देवताओं का वास होता है।

हालाँकि, संवेदनशीलता के साथ यदि आप अपने आसपास के संसार को देखेंगे तो पाएँगे कि सामान्य रूप से यह बात सही नहीं होती—चाहे आप एक स्त्री हों या देवी। यही कारण है कि मैंने इस पुस्तक के माध्यम से उन कहानियों को फिर से कहने का पूरा प्रयास किया है, जिन्हें बरसों तक सुनते और पढ़ते हुए मैं बड़ी हुई, ताकि कुछ प्रभावशाली स्त्रियों के जीवन को सामने ला सकूँ।

इन कहानियों में कई पौराणिक चरित्र हैं, जो बार-बार आते हैं और जिनका वर्णन इस श्रृंखला की पिछली तीन पुस्तकों में भी किया गया है—'सोने का नेवला', 'द मैन फ्रॉम द एग : अनयूजुअल टेल्स अबाउट द ट्रिनिटी' और 'उलटा लटका राजा'। यदि पाठक इस पुस्तक में वर्णित किरदारों के विषय में अधिक जानना चाहते हैं तो वे इन्हें पढ़ सकते हैं।

मेरे प्यारे पाठको! मैं आशा करती हूँ कि आप इन कहानियों का आनंद उठाएँगे।

पुस्तक परिचय

त्रिदेव में तीन देवता होते हैं—ब्रह्मा, विष्णु एवं शिव और तीनों की अपनी-अपनी पत्नियाँ हैं।

सरस्वती सृष्टि की रचना करनेवाले ब्रह्मा की पत्नी हैं। वे ज्ञान और ललित कला की देवी हैं, जिन्हें सामान्य रूप से सफेद वस्त्र में, वीणा बजाते, माला जपते और हाथ में पुस्तक लिये मुसकराते हुए दिखाया जाता है। अधिकांशतया उनका चित्रण उनके वाहन हंस के साथ किया जाता है। वे शांति की देवी हैं, जिनकी पूजा कई देशों में की जाती है। सरस्वती को वाग्देवी, वाणी की देवी के रूप में भी माना जाता है और श्रद्धालु तथा लेखक उनका आशीर्वाद माँगते हैं; क्योंकि वे ज्ञान एवं शिक्षा का प्रतिनिधित्व करती हैं। सरस्वती कम बोलनेवाली स्त्री हैं और टकराव तथा विवादों से दूर रहती हैं।

लक्ष्मी संसार के रक्षक विष्णु की पत्नी हैं, जो क्रोधी स्वभाव की हैं। सब जानते हैं कि वे उनके हृदय में वास करती हैं और उनके अनेक रूप हैं। उन्हें दो अन्य रूपों में भी देखा जाता है—भूदेवी, जो लक्ष्मी का सांसारिक रूप है और श्रीदेवी, जो धन व समृद्धि से जुड़ा रूप है। सामान्यतया लक्ष्मी को लाल या गुलाबी कमल पर, लाल साड़ी में विराजमान दिखाया जाता है। ऐसा कहा जाता है कि वे काफी अनुशासित और नियम-कानूनवाली हैं। जब भगवान् विष्णु ने धरती पर धर्म की रक्षा के लिए दस अवतार लेने का निर्णय लिया तो लक्ष्मी ने उनसे कहा था, "प्रिय पतिदेव, आप संसार में धर्म की रक्षा के

एकमात्र उद्देश्य से स्वेच्छा से अवतार ले रहे हैं; किंतु आप जानते हैं कि यहाँ हमारे इस बैकुंठ के दो द्वारपालों—जय एवं विजय को तीन जन्मों तक धरती पर मानव रूप लेने और उन जन्मों में आपका शत्रु होने का शाप दिया गया है। ये दोनों ही घटनाएँ मात्र संयोग नहीं हैं।"

यह सुनकर विष्णु मुसकराए और लक्ष्मी ने आगे कहा, "सबसे पहले आप वराह (शूकर) का रूप लेंगे और हिरण्याक्ष का वध करेंगे, जो जय का एक अवतार है। फिर आप नृसिंह बनेंगे और हिरण्यकशिपु (या विजय) का वध करेंगे। अंत में, आप राम का रूप लेकर रावण व कुंभकर्ण तथा कृष्ण के मानव रूप में जन्म लेकर शिशुपाल व दंतवक्त्र को मारेंगे। इसका अर्थ है कि जय और विजय के तीन जन्मों में उनका वध करने के लिए आप चार अवतार लेंगे। स्वामी, मैं अपने अलग-अलग रूपों में आपके कुछ अवतारों में आपके साथ रहूँगी और अपने द्वारपालों के तीनों जीवनकाल में उनके विनाश का कारण बनूँगी। इस प्रकार, मैं यह सुनिश्चित करूँगी कि वे अपने प्रारब्ध को पूरा करें।"

आगे चलकर लक्ष्मी ने विष्णु के वराह अवतार (हिरण्याक्ष का वध) के काल में भूदेवी का, राम (रावण का वध) के युग में सीता का और कृष्ण (शिशुपाल का वध) के समय में रुक्मिणी का रूप लिया।

अंत में पार्वती आती हैं, जो संहारक शिव की सहचरी हैं। उन्हें दुर्गा, शक्ति और श्रावणी जैसे कई नामों से जाना जाता है। उन्हें क्रुद्ध और न्यायप्रिय देवी के रूप में देखा जाता है, जिनकी शक्ति का वरदान बहुधा संरक्षण और परोपकार के लिए माँगा जाता है। अधिकांशतया उन्हें लाल साड़ी में किसी बाघ या शेर की सवारी करते दिखाया जाता है। पार्वती शिव की सच्ची अर्धांगिनी हैं, क्योंकि उन्हें शारीरिक व मानसिक रूप से उनका आधा हिस्सा माना जाता है। वे उत्कृष्ट नृत्यांगना हैं और शिव उनके शिक्षक हैं। आज भी अच्छा नृत्य करनेवाली किसी जोड़ी को अकसर 'शिव और पार्वती के समान' कहा जाता है।

अनुक्रम

यत्र नार्यस्तु पूज्यन्ते रमन्ते तत्र देवताः

सरस्वती भगवती

ज्ञान का स्रोत

सृष्टि के रचयिता ब्रह्मा ने जब इस संसार और उससे जुड़ी अन्य सभी चीजों की रचना करने का निर्णय लिया तो परिस्थितियाँ उपयुक्त नहीं थीं, क्योंकि उथल-पुथल अपने चरम पर थी। वे अपना काम स्थिरता से नहीं कर पा रहे थे और निराश होकर उन्होंने दो चीजों की कामना की—शांति और एक जानकार सहयोगी की, जो उनकी सहायता कर सके और एक सच्चा साथी बन सके। ऐसे कार्य के लिए उन्हें ऐसा सहयोगी चाहिए था, जो बुद्धिमान, शांत, विवेकी, कला व संस्कृति के विषय पर पूरी जानकारी के साथ ही जिह्वा और मन पर अच्छा नियंत्रण रखता हो।

ब्रह्मा ने मन के विचारों को ऊँचे स्वर में प्रकट किया और उन्हें तब अप्रत्याशित प्रसन्नता हुई, जब मधुर मुसकान के साथ एक सुंदर स्त्री उनके सामने प्रकट हुई, मानो उनके शब्दों से ही उसकी रचना हुई हो! वह सफेद साड़ी पहने हुई थी और उसके चार हाथ थे—उसके दो हाथों में वीणा थी और अन्य दो हाथों में से एक में पुस्तक तथा दूसरे में जप माला।

ब्रह्मा अत्यधिक प्रसन्न हुए—"मैं तुम्हारे आगमन और तुम्हारी सहायता का आभारी हूँ। मैं तुम्हें सरस्वती, वाग्देवी या वाणी के नाम से बुलाऊँगा।" उन्होंने कहा, "तुम ज्ञान और संवाद की स्वामिनी हो और ये नाम उन गुणों को बताते हैं। मेरी सारी सृष्टि ज्ञान, विवेक, कला और वाणी की देवी के रूप में तुम्हारी पूजा करेगी।"

ब्रह्मा और सरस्वती ने अपने धाम सत्यलोक, जिसे ब्रह्मलोक भी कहा

जाता है, वहाँ साथ मिलकर काम करना आरंभ किया।

समय बीतता गया और जल्दी ही देवों एवं असुरों के बीच युद्ध छिड़ गया। दोनों के बीच अकसर युद्ध होने लगा। अनेक पराजयों के बाद असुरों को यह समझ आ गया कि अधिकांश लड़ाइयों में देवों की जीत का कारण ज्ञान की पुस्तक है, जो सरस्वती के पास है और जिसे ब्रह्मा ने उन्हें दिया था।

एक दिन जब सत्यलोक में देवी सरस्वती वीणा-वादन में लीन थीं, तब असुरों ने उनसे ज्ञान की पुस्तक चुरा ली और भागकर धरती पर चले गए।

सरस्वती को जब इस चोरी का पता चला तो अपनी शक्ति के प्रयोग से उन्होंने असुरों का पता लगाया और उनका पीछा किया। धरती पर पहुँचने के बाद सरस्वती को यह अनुभव हुआ कि अन्य देवियों की भाँति वे योद्धा नहीं हैं और उनके पास कोई अस्त्र भी नहीं हैं। इसलिए, ज्ञान और शिक्षा की देवी ने अपनी विशिष्टता का प्रयोग करने का निर्णय लिया। वे इस निष्कर्ष पर पहुँचीं कि चोर असुरों को पकड़ने के लिए उफनती नदी का रूप लेकर उसमें उन्हें डुबो देना ही सबसे अच्छा उपाय रहेगा।

एक शक्तिशाली नदी का रूप लेने के बाद वे तेजी से असुरों की दिशा में बहने लगीं। नदी का पानी जब उनके समीप आ गया, तब असुरों को लगा कि यदि उन्होंने अपनी गति तेज नहीं कि तो वे डूब जाएँगे। इस कारण उन्होंने उस पुस्तक को नदी के किनारे रखा और जितनी तेज गति से भाग सकते थे, भागने लगे। पुस्तक को फिर से पाकर सरस्वती प्रसन्न हुईं और उन्होंने असुरों का पीछा नहीं किया।

सरस्वती जब सत्यलोक लौटने की तैयारी कर रही थीं, तभी उस क्षेत्र के ज्ञानी ऋषि-मुनियों को अपनी यौगिक शक्तियों से सरस्वतीजी और उस प्रसिद्ध पुस्तक की उपस्थिति की सूचना मिली। वे भागे-भागे उनसे मिलने पहुँचे। सरस्वती को उनके वास्तविक रूप में, हाथ में ज्ञान की पुस्तक लिये देखा तो ऋषियों ने उनसे प्रार्थना की, "हे माता! आपके बिना हम असहाय हैं। आप हमारी देवी हैं। क्या हमारी सहायता के लिए आप हमारे साथ धरती पर नहीं रहेंगी?"

सरस्वती रहस्यमय ढंग से मुसकराने लगीं। "मुझे ब्रह्माजी के पास जाना होगा और उनके कार्य में उनकी सहायता करनी होगी, किंतु आप सबकी सच्ची प्रार्थना को सुनकर मैं अपनी शक्ति के एक अंश को अपने नाम की एक नदी के रूप में बहने दूँगी। यही नदी प्रयाग में देवी यमुना व गंगा के साथ मिल जाएगी और संगम के उस स्थान पर, जहाँ हम तीनों मिलेंगी, उसे 'प्रयागराज' के नाम से जाना जाएगा। उसके बाद मेरी पहचान समाप्त हो जाएगी और मेरा जल गंगा के साथ मिल जाएगा।" यह कहकर वे विलीन हो गईं और इस प्रकार सरस्वती नदी धरती पर बहने लगी।

उन्हें 'गुप्तगामिनी' भी कहा जाता है, क्योंकि ऐसी मान्यता है कि कुछ स्थानों पर वे धरती के नीचे भी बहती हैं।

कश्यप ऋषि के पुत्र अंधक बहुत बड़े और शक्तिशाली असुर बन गए। स्वर्ग में एक दिन देवराज इंद्र की वाटिका में उन्हें दिव्य पारिजात के पुष्पों को देखने का अवसर मिला। पुष्पों की सुंदरता को देख अंधक के मन में उस वृक्ष को स्वर्ग से चुरा लेने की इच्छा जगी और उन्होंने पारिजात वृक्ष के लिए इंद्र का पीछा करना शुरू कर दिया। इस तनाव को सहने में असमर्थ इंद्र ने मार्गदर्शन के लिए त्रिदेव की शरण ली। त्रिदेवों ने एक-दूसरे की तरफ देखा और उनसे तीन रंगों की ऊर्जा उत्सर्जित हुई—ब्रह्मा से सफेद (सरस्वती का अंश), विष्णु से लाल (लक्ष्मी का अंश) और शिव से काला (काली का अंश, जो पार्वती का रूप हैं)। तीनों ऊर्जाओं ने मिलकर एक दिव्य एवं प्रकाशमान स्त्री का रूप ले लिया और अब वह देवी अंधक का वध सफलतापूर्वक करने के लिए तैयार थी।

ब्रह्मा, विष्णु एवं शिव अति प्रसन्न हुए और तीनों देवियों से कहा, "आप तीनों ही इस संसार के सारे जीवों की रक्षा कर सकती हैं। आज के बाद आप तीनों की ही वर्ष में दो बार नौ-नौ दिनों तक पूजा-अर्चना की

जाएगी। एक बार शारदीय नवरात्र की अवधि में, जो सर्दियों में होगा और दूसरा वसंत में, जो 'चैत्र नवरात्र' के नाम से जाना जाएगा। आप तीनों की पूजा शक्ति, वैष्णवी, काली, चामुंडी, दुर्गा एवं सरस्वती सहित अन्य नामों से की जाएगी और आप में से हर एक की उपासना अलग-अलग दिनों में होगी। उदाहरण के लिए, जिस दिन सरस्वती की पूजा होगी, उस दिन उनके उपासक उनकी पूजा उन सामग्रियों से करेंगे, जिनसे इस संसार को ज्ञान प्राप्त होता है; जैसे पुस्तकों और वाद्य यंत्रों से। यह सभी छात्रों के लिए सरस्वती का आशीर्वाद प्राप्त करने का विशेष अवसर होगा।"

आज देश भर में लोगों के जीवन में नवरात्र की एक बड़ी भूमिका है और छात्रगण सरस्वती पूजा के दिन आज भी सरस्वती की पूजा कर इस देवी से ज्ञान और उनका आशीर्वाद माँगते हैं।

□

नारायणी नमोस्तुते

आठ रूप

धन, भाग्य और समृद्धि की देवी लक्ष्मी कई धर्मों में एक अत्यधिक प्रसिद्ध देवी हैं, जैसे कि बौद्ध और जैन धर्म में तथा कई देशों में, जिनमें नेपाल और तिब्बत भी शामिल हैं।

समुद्र-मंथन या महासागर को मथे जाने की लोकप्रिय पौराणिक कथा के अनुसार देवी लक्ष्मी एक सुंदर स्त्री के रूप में प्रकट हुईं और जीवन में प्रवेश किया। इस कारण महासागर के राजा को उनका पिता माना जाता है। लक्ष्मी के जन्म लेने के बाद उनके आसपास जितने भी लोग थे—देव, असुर, मनुष्य और गंधर्व—सभी उनकी आकर्षक सुंदरता को चकित होकर निहारने लगे। उनके पिता ने कहा, "प्रिय पुत्री, एक बार अपने आसपास देख लो। ये सभी शक्तिशाली जीव इस प्रतीक्षा में हैं कि तुम उनमें से किसी एक को अपना पति चुन लो। तुम्हारी स्थिति अनूठी है, जिसमें तुम अपने हृदय की इच्छा के अनुसार जिसे चाहो, उसे चुन सकती हो। तुम जिसे चुन लोगी, उसकी खुशी का ठिकाना नहीं होगा। तुम्हारा पिता होने के कारण मैं तुम्हारे विवाह का संस्कार कर दूँगा।"

लक्ष्मी ने सहमति जताई और अपने हाथों में फूलों का एक हार ले लिया। आसपास देखते हुए उनकी दृष्टि विष्णु पर पड़ी। उनके हृदय में कुछ ऐसा हुआ, जिसने उन्हें विष्णु की दिशा में बढ़ने पर विवश कर दिया। वे उनके रूप, उनके शांत हाव-भाव, उनकी कद-काठी और उनके द्वारा धारण किए गए सजीले आभूषणों के प्रति आकर्षित हुईं। लक्ष्मी ने उनके गले में

माला पहना दी और सदा-सदा के लिए उनकी जीवनसंगिनी बन गईं।

अपनी पत्नी के रूप में लक्ष्मी को पाकर विष्णु प्रसन्न थे। उन्होंने लक्ष्मी को वचन दिया, "हे सागर सम्राट् पुत्री लक्ष्मी! तुम तीनों लोकों का प्रकाश हो। मैं तुम्हारे साथ सम्मान का व्यवहार करूँगा और तुम्हें अपने हृदय में रखूँगा।" और इस प्रकार लक्ष्मी अपने पति विष्णु के लोक बैकुंठ में वास करने लगीं।

एक दिन जब विख्यात ऋषि भृगु बैकुंठ आए तो उन्होंने देखा कि भगवान् विष्णु सो रहे हैं और कोई भी उपयोगी कार्य नहीं कर रहे हैं। क्रोध में आकर उन्होंने उनके सीने के बाएँ हिस्से, जिस स्थान पर लक्ष्मी का वास था, पर लात मार दी। भगवान् विष्णु ने जब ऋषि को कुछ भी नहीं कहा तो देवी लक्ष्मी अपने पति की निष्क्रियता पर खिन्न हो गईं। स्वतंत्र सोच रखनेवाली और समझौता न करनेवाली पत्नी होने के कारण उन्होंने बैकुंठ छोड़ दिया और करविरापुरा चली गईं, जिसे आज 'कोल्हापुर' के नाम से जाना जाता है। बैकुंठ में विष्णु को अकेलापन सताने लगा और वे धरती पर आए, जहाँ बाद में वे तिरुपति में वास करने लगे।

समुद्र-मंथन के समय लक्ष्मी की परछाईं अलक्ष्मी भी उत्पन्न हुई थी। अलक्ष्मी में लक्ष्मी के विपरीत गुण थे और वह सदैव उनके साथ-साथ चलती है। किसी के घर लक्ष्मी के आगमन से परिवार में खुशियाँ भर जाती हैं; किंतु परिवार यदि उनकी परवाह नहीं करता या उनका सम्मान नहीं करता तो लक्ष्मी घर छोड़ देती हैं; लेकिन उनकी परछाईं तब तक वहाँ रहती है, जब तक कि परिवार का भाग्य और संबंध पूरी तरह नष्ट नहीं हो जाता। इस लक्ष्य के पूरा हो जाने के बाद अलक्ष्मी अगले स्थान पर वास करने चल देती है और फिर से लक्ष्मी के साथ हो जाती है।

लक्ष्मी आठ अलग-अलग रूप लेती हैं। यही कारण है कि उन्हें 'अष्टलक्ष्मी' कहा जाता है। कुछ मंदिरों में लक्ष्मी को सोलह हाथों के साथ दिखाया जाता है, जो उनके सभी आठ रूपों का संकेत देते हैं।

'आदि लक्ष्मी' उनका पहला रूप है, जिसमें वे समुद्र से प्रकट हुई थीं। इस रूप में वे एक दयालु देवी हैं, जो लाल साड़ी पहनती हैं और हाथ में

एक लाल या गुलाबी कमल लिये रहती हैं। दूसरा रूप 'धान्य लक्ष्मी' का है, जिनकी पूजा किसान सदा करते हैं और जिनके हाथों को अनाज से भरा दिखाया जाता है, जिसकी वर्षा वे धरती पर करती हैं। 'धैर्य लक्ष्मी' उनका तीसरा रूप है, जिसमें उन्हें उनके साहस के लिए जाना जाता है और उनकी पूजा बाधाओं का सामना करनेवाले करते हैं, जो वीरता और शक्ति की प्रार्थना करते हैं। चौथे रूप को 'गज लक्ष्मी' कहा जाता है, जिस रूप में उन्हें आमतौर पर मंदिरों में देखा जाता है। उन्हें बैठे दिखाया जाता है और दो हाथी उन पर सोने या जल की वर्षा करते दिखते हैं। 'संतान लक्ष्मी' उनका पाँचवाँ रूप है, जिसमें उन्हें बच्चों से घिरा दिखाया जाता है और निस्संतान दंपती उनकी पूजा करते हैं। 'विजयलक्ष्मी' उनका छठा रूप है, जिसकी पूजा विजय और साहस के धन के लिए की जाती है। प्राचीन काल में युद्ध के लिए निकलने से पहले राजा युद्ध क्षेत्र में विजयलक्ष्मी की शाश्वत और निरंतर उपस्थिति की प्रार्थना करते थे। 'विद्या लक्ष्मी' का सातवाँ रूप, जैसा कि नाम से ही संकेत मिलता है, ज्ञान और शिक्षा के धन को बताता है। वे सरस्वती से भिन्न होती हैं, जिनकी उपस्थिति अधिक स्थिर होती है। 'धन लक्ष्मी' का आठवाँ रूप धन की देवी का रूप है, जिसमें उनके हाथों से सोने की वर्षा दिखाई जाती है।

भारत में लक्ष्मी पूजनीय देवी हैं और लोग अपने मन की बड़ी-बड़ी इच्छाओं के अनुरूप उनके भिन्न-भिन्न रूपों की पूजा-अर्चना करते हैं।

□

घोड़े के सिर वाले भगवान्

शाश्वत जीवन की खोज कर रहे दैत्यराज हयग्रीव को यह लगा कि यदि उसने अमरत्व देनेवाले अमृत के लिए त्रिदेव की आराधना की तो वे निश्चित रूप से उसके साथ छल करेंगे और अपनी गुप्त युक्ति उसे नहीं बताएँगे। इसलिए उसने देवी शक्ति की आराधना करने का निर्णय लिया।

अनेक वर्षों तक हयग्रीव ने पूर्ण प्रेम, ध्यान और समर्पण से उनकी आराधना व उपासना की। आखिर में जब देवी शक्ति अपने भक्त के सामने प्रकट हुईं तो उन्होंने उसे अमरत्व का वरदान और अमृत देने से मना कर दिया।

इससे क्रोधित होकर हयग्रीव ने सोचा, 'यदि मुझे मरना ही है तो मुझे इसे अत्यधिक जटिल और लगभग असंभव बना देना चाहिए।' उसने देवी से छल करना चाहा और उसने कहा, "माता, यदि मुझे इस संसार से जाना ही पड़ा तो मुझे वर दीजिए कि मेरे ही नामवाला व्यक्ति, जिसका शरीर किसी भगवान् का हो और सिर किसी घोड़े का, केवल वही मेरा वध कर सकता है।"

देवी मुसकराईं उसे यह और वरदान दे दिया।

हयग्रीव अब यह मान चुका था कि यह अमर होने जैसा ही है, क्योंकि उसे नहीं लगता था कि उसने जैसा बताया था, वैसा कोई जीव वास्तव में होता है। इस विश्वास के साथ कि वह कभी नहीं मरेगा, कपटी दैत्य अपनी आसुरी करतूतों पर उतर आया और पूरी शक्ति के साथ दूसरों के साथ

निर्दयतापूर्ण व्यवहार करने लगा।

क्रूर दैत्यराज की प्रजा त्राहि-त्राहि करने लगी और व्याकुल होकर दबे स्वर में लोग एक-दूसरे से बातें करने लगे—"आखिर इसके ही नाम का ऐसा कोई जीव कैसे हो सकता है, जिसका शरीर भगवान् का हो और सिर किसी अश्व का? हयग्रीव तो कभी मरेगा ही नहीं!"

अंत में वे सहायता के लिए ब्रह्माजी के पास गए।

ब्रह्माजी के पास कोई समाधान नहीं था, इसलिए उन्होंने शिवजी से संपर्क किया, जिन्होंने कहा कि वे बैकुंठ जाकर भगवान् विष्णु से मिलें।

जब वे भगवान् विष्णु के बैकुंठ धाम पहुँचे तो उन्होंने देखा कि विष्णु खड़ी मुद्रा में ही गहरी नींद में हैं। असुरों के साथ भीषण युद्ध से वे इतना थक गए थे कि खड़े-खड़े ही उन्हें नींद आ गई थी; जबकि उनका धनुष शार्ङ्ग अब तक उनके दाहिने हाथ में ही था।

ब्रह्माजी विष्णु को जगाना नहीं चाहते थे, किंतु उनके पास कोई विकल्प भी नहीं था। इसलिए उन्होंने सफेद चींटियों का एक झुंड बनाया और उन्हें शार्ङ्ग पर रख दिया। उन्हें लगा कि चींटियाँ धनुष की प्रत्यंचा को चट कर जाएँगी और उसके टूटने तथा धनुष के खुलने पर तेज आवाज गूँजेगी; लेकिन उनसे भारी भूल हो गई। चींटियों ने प्रत्यंचा को पलक झपकते ही काट दिया और धनुष इतनी शक्ति के साथ खुला कि उसने विष्णु की गरदन ही काट दी। उनका सिर आकाश में उछला और समुद्र के मध्य में छपाक से जा गिरा।

ब्रह्माजी और शिवजी को अनुमान ही नहीं था कि ऐसा हो जाएगा! इस घटना से घबराकर और सदमे में आकर दोनों एक-दूसरे को देखने लगे कि अब क्या किया जाए? इस स्थिति का कोई हल न सूझने पर उन्होंने शक्ति को याद किया। शीघ्र ही शक्ति प्रकट हुईं और बोलीं, "चिंता की बात नहीं है। श्रीविष्णु ठीक हो जाएँगे।"

दोनों ही देवताओं को विश्वास नहीं हुआ।

मुसकान के साथ शक्ति ने उन्हें समझाया, "एक दिन विष्णु और लक्ष्मी

एक–दूसरे से बात कर रहे थे और विष्णु ने उन्हें ताना मारा, 'हे लक्ष्मी! जरा अपने संबंधियों को देखो। तुम्हारे पिता स्वयं सागर हैं, किंतु कोई उनके खारे जल का एक घूँट भी नहीं पी सकता। उनका होना व्यर्थ है और मैं तुम्हारे भाइयों के विषय में क्या कहूँ, जो समुद्र–मंथन में तुम्हारे साथ उत्पन्न हुए थे! चंद्र देवता दो सप्ताह तक स्वस्थ रहते हैं और अगले पखवाड़े भर बीमार हो जाते हैं। हलाहल वह विष बन गया, जिसने महान् शिवजी को नीले कंठवाला, यानी नीलकंठ बना दिया। अमरत्व देनेवाला अमृत भीषण युद्ध का कारण बन गया और तुम्हारा एक और भाई सात सिर वाला अश्व उच्चैःश्रवा दिन–रात सरपट दौड़ता रहता है।'

"लक्ष्मी को घोर अपमान का अनुभव हुआ। 'लोगों की बुराई करना बहुत आसान है।' उन्होंने अपने पति से कहा, 'यह संसार आज मेरे पिता के कारण ही अस्तित्व में है। चंद्रमा रात को इस धरती को प्रकाश देता है और अपने नीले कंठ के कारण ही शिव इस संसार की रक्षा कर सके थे। अमृत के कारण ही देवताओं का सनातन अस्तित्व है और उच्चैःश्रवा के कारण ही सभी एक अश्व की इच्छा रखते हैं।'

"तो आप समझ गए?" शक्ति ने अपनी बात समाप्त की, "विष्णु का इस स्थिति में आना पूर्व निर्धारित था। यह सबकुछ हयग्रीव के विनाश के लिए पूर्व निर्धारित है।"

शक्ति ने तलवार उठाई और पास ही चर रहे एक घोड़े का सिर काट दिया। उन्होंने उस सिर को उठाया और उसे विष्णु के शरीर पर लगा दिया, जो जीवित हो उठे। "इस अश्व के सिर के साथ भगवान् का शरीर 'हयग्रीव' के नाम से जाना जाएगा। 'हय' का अर्थ ही अश्व होता है और अब असुरों से युद्ध का समय आ गया है।"

अब हयग्रीव का रूप धारण कर चुके विष्णु ने शक्ति के निर्देशों का पालन किया और अपने ही नामवाले दैत्य का संहार कर दिया। युद्ध के बाद जब वे विजयी होकर लौटे तो अश्व के सिर के स्थान पर उनका अपना सिर लगा दिया गया।

विष्णु का यह रूप 'हयशीर्ष' के नाम से भी जाना जाता है, जो दशावतारों में से एक है और कभी–कभी उसे बलराम के अवतार का एक विकल्प भी माना जाता है। प्राय: उन्हें सुदर्शन चक्र लिये चार हाथोंवाला दिखाया जाता है। इस रूप में उन्हें एक विशेष मिष्टान्न का भोग लगाया जाता है, जिसे 'हयग्रीव' कहते हैं, जो चने की दाल से बना होता है।

□

शिवे सर्वार्थ साधिके

आस्था की शक्ति

बहुत समय पहले ध्रुवसंति नाम के एक योग्य और न्यायप्रिय राजा थे, जो कोशल राज्य पर राज करते थे। उनकी दो सुंदर पत्नियाँ थीं—मनोरमा और लीलावती। दोनों के एक-एक पुत्र थे—सुदर्शन और शत्रुजित्। दोनों बालकों की उम्र में मात्र एक महीने का अंतर था और दोनों का लालन-पालन राजसी ठाट-बाट से हुआ था।

एक दिन राजा शिकार खेलने के लिए जंगल गए। अप्रत्याशित रूप से एक शेर ने उनकी हत्या कर दी। अपने राजा की अचानक मृत्यु से पहुँचे सदमे से पूरा राज्य शोक में डूब गया।

परंपरा कहती थी कि उम्र में बड़े सुदर्शन को सिंहासन पर बैठना चाहिए, जो मनोरमा का पुत्र था, हालाँकि लीलावती के पिता युद्धजित् का मानना था कि राजगद्दी के लिए उनका नाती शत्रुजित् अधिक उपयुक्त है। युद्धजित् एक चतुर राजा थे और थोड़े सोच-विचार के बाद शत्रुजित् को नया युवराज बनाने के लिए वे अपनी सेना के साथ कोशल राज्य की राजधानी अयोध्या पर आक्रमण करने पहुँच गए। मनोरमा के पिता वीरसेन ने इस आक्रमण का जवाब दिया और अपने नाती सुदर्शन के समर्थन में अपनी सेना के साथ राजधानी की ओर कूच कर दिया। दोनों पक्षों में लड़ाई हुई और वीरसेन मारा गया।

मनोरमा को जब अपने पिता की मृत्यु का समाचार मिला तो वह भयभीत हो गई। उसे लगने लगा था कि उसके पुत्र का जीवन अयोध्या में खतरे से खाली नहीं है, इसलिए वह उसे साथ लेकर भाग गई। गंगा के तट पर भरद्वाज

नाम के एक ऋषि को रानी एवं उस छोटे राजकुमार पर दया आ गई और उन्होंने दोनों के आश्रय तथा देखभाल की व्यवस्था कर दी।

सुदर्शन का कहीं अता-पता नहीं था और इसका लाभ उठाते हुए शत्रुजित् सिंहासन पर बैठा और कोशल का राजा बन गया। एक दिन शत्रुजित् के नाना युद्धजित् को पता चला कि सुदर्शन ऋषि भरद्वाज के संरक्षण में है। उसके मन में सुदर्शन की हत्या का विचार आया, ताकि वह आगे चलकर गद्दी के लिए खतरा न बन सके। हालाँकि राज्य के बुद्धिमान मंत्रियों ने उसे सलाह दी कि जब तक वह बालक ऋषि के संरक्षण में है, तब तक वे अपनी योजना को आगे न बढ़ाएँ।

ऋषि के आश्रम में सुदर्शन ने एक दिन एक आकर्षक मंत्र सुना, हालाँकि बाद में उसे उस मंत्र का केवल एक शब्द ही याद रहा और वह उसका उच्चारण बार-बार करने लगा—'क्लीं-क्लीं'। उसे इस बात का कोई ज्ञान नहीं था कि वह शब्द पूजनीय देवी से संबंधित है।

कई वर्ष बीते और वह मंत्रोच्चार सुदर्शन के दैनिक जीवन का एक अंग बन गया। अंत में देवी का ध्यान उस बालक एवं उसकी निश्छल भक्ति की ओर गया और वे उसके सामने प्रकट हुईं। उन्होंने सुदर्शन को एक दिव्य धनुष और बाण दिया तथा वचन दिया कि वे सदैव उसकी रक्षा करेंगी।

इस बीच, काशी की रूपवती राजकुमारी और देवी की परम भक्त शशिकला ने सुदर्शन और उसे मिले देवी के आशीर्वाद के बारे में सुना। उस पल उसे सुदर्शन से एक जुड़ाव का अनुभव हुआ और वह उससे प्रेम करने लगी, जबकि वह उससे कभी मिली तक नहीं थी।

शशिकला के पिता सुबाहु ने उसके स्वयंवर का आयोजन किया था और अनेक राजकुमारों को उसमें आने का न्योता दिया गया था। वह एक ऐसा समारोह होता है, जिसमें संभावित वर इकट्ठे होते हैं और उनमें से वधू किसी एक वर को चुनती है, किंतु शशिकला ने अपने पिता से कह दिया कि उसका वर केवल सुदर्शन ही होगा। यह सुनकर शशिकला के माता-पिता दुःखी हुए। सुदर्शन एक ऐसा राजकुमार था, जिसके पास न कोई राज-पाट था,

न समर्थक; किंतु जिस कारण वे सबसे अधिक निराश थे, वह था सुदर्शन का शक्तिशाली शत्रु और सौतेला भाई—शत्रुजित्। उन्होंने शशिकला को समझाया, "हमारी प्यारी बेटी, अपने भविष्य को देखते हुए तुम अपना निर्णय बदल दो।"

लेकिन शशिकला अपने निर्णय पर अड़ी रही। न चाहते हुए भी सुबाहु ने सुदर्शन को आनेवाले स्वयंवर का न्योता देने के लिए अपने एक विश्वस्त संदेशवाहक को भेज दिया, जबकि राजकुमारी के माता-पिता अब भी यही आशा कर रहे थे कि समारोह में आनेवाला कोई-न-कोई राजकुमार उनकी बेटी का मन बदल देगा।

आमंत्रण मिलने पर आयोजन में हिस्सा लेने की सुदर्शन की उत्सुकता बढ़ गई; किंतु उसकी माता निर्वासित रानी मनोरमा ने इस आशंका के साथ उसे रोक दिया कि न जाने आगे क्या होने वाला है? "मेरे प्यारे पुत्र, मत जाओ!" वह बोली, "मैं जानती हूँ कि तुम्हें राजदरबार से आमंत्रण आया है; किंतु इसे स्वयंवर के अंतिम समय में भेजा गया है। इसका अर्थ यही है कि तुम राजकुमारी के लिए महत्त्वपूर्ण वर नहीं हो। मुझे विश्वास है कि शत्रुजित् भी अवश्य वहाँ आएगा और जिस प्रकार मैंने अपने पिता को खोया, उस प्रकार मैं तुम्हें नहीं खोना चाहती हूँ।"

सुदर्शन मुसकराने लगा। "माँ, तुम चिंता मत करो, देवी मेरे साथ हैं। मैं योद्धाओं के वंश का हूँ, जैसे कि तुम हो। डरने में कोई बुराई नहीं, किंतु इसके कारण हम अपने पथ पर आगे बढ़ना नहीं छोड़ सकते। हमें आगे बढ़ना ही चाहिए।"

"किंतु तुम मेरे लिए अनमोल हो, पुत्र।" मनोरमा ने उदास होते हुए कहा। यह समझते हुए कि उसका पुत्र इस अवसर को हाथ से जाने नहीं देगा, वह बोली, "ठीक है, यदि तुम्हें जाना ही है तो मैं भी तुम्हारे साथ चलूँगी।"

सुदर्शन सहमत हो गया और जल्दी ही माँ-बेटे काशी की यात्रा पर निकल गए।

वे जब वहाँ पहुँचे तो सुबाहु ने पूरे सम्मान और आतिथ्य-भाव से उनका स्वागत किया।

अगली सुबह स्वयंवर में सुदर्शन का आमना-सामना अपने सौतेले भाई शत्रुजित् से हुआ। शत्रुजित् के साथ उसके नाना युद्धजित् भी थे। शत्रुजित् ने अपमानजनक भाव से पूछा, "तुम यहाँ क्या करने आए हो? यह स्थान तुम जैसों के लिए नहीं है। तुम्हारे पास तो सेना तक नहीं है!"

"मैं यहाँ देवी के साथ आया हूँ और मुझे मात्र उनके साथ की ही आवश्यकता है।" सुदर्शन ने उत्तर दिया।

तभी शशिकला ने सभागार में वरमाला लिये प्रवेश किया। कोमल स्वर में अपने चेहरे पर उदासी लिये पास खड़े अपने माता-पिता से उसने कहा, "मैं नहीं जानती कि विवाह में मेरा हाथ पाने की आशा के साथ आज कितने राजकुमार आए हैं, किंतु सत्य है कि यह सब मेरे लिए कोई महत्त्व नहीं रखता। मैंने अपना निर्णय पहले ही कर लिया है। मैं सुदर्शन से विवाह करूँगी।"

असहाय और चिंतित राजा जानते थे कि उन्हें तत्काल स्वयंवर को रद्द करना होगा। उन्होंने ऊँचे स्वर में घोषणा की, "मेरी पुत्री ने सुदर्शन से विवाह करने का निर्णय लिया है। इस कारण अब यह स्वयंवर नहीं होगा। मैं आप सभी सम्मानित अतिथियों का स्वागत करता हूँ और आप सभी से आग्रह करूँगा कि एक-एक भेंट स्वीकार करें तथा अपने-अपने राज्य की यात्रा पर निकलने से पहले हमारे साथ भोजन ग्रहण करें।"

युद्धजित् क्रोध से काँपने लगा। उसने चीखते हुए कहा, "यदि आपकी पुत्री ने पहले ही सुदर्शन को चुन लिया था तो फिर इतने राजकुमारों को क्यों बुलाया? यह हम सभी का अपमान है और मैं इसे सहन नहीं करूँगा। मैं आपकी पुत्री का अपहरण करूँगा और उसे अपने नाती शत्रुजित् से विवाह करने के लिए विवश कर दूँगा।"

राजा सुबाहु के चेहरे का रंग उड़ गया। युद्धजित् की शक्तिशाली और कुशल सेना के सामने उनकी सेना कहीं नहीं टिकती थी, इसलिए उन्होंने अपनी बेटी से कहा, "वरमाला पुत्री, देख रही हो, तुमने हमें किस विकट परिस्थिति में खड़ा कर दिया है! मैं तुमसे प्रार्थना करता हूँ, अपना निर्णय बदल लो और शांति बनी रहने दो।"

"मैं क्षमा चाहती हूँ, पिताजी; किंतु मुझे अपने निर्णय का पालन करना ही होगा।" शशिकला ने उत्तर दिया। अडिग शशिकला सुदर्शन की ओर बढ़ी और उसके गले में वरमाला डालकर वहाँ उपस्थित अतिथियों को संकेत दे दिया कि उसने सुदर्शन को अपना वर चुन लिया है।

पल भर में वह सभागार युद्धक्षेत्र में बदल गया। युद्धजित् और शत्रुजित् के सैनिकों ने राज्य के प्रहरियों पर पूरी शक्ति से हमला किया। अन्य पक्षों में से कोई इस पक्ष के साथ, तो कोई दूसरे के साथ हो गया और लगा, मानो यह युद्ध कभी समाप्त नहीं होगा!

अचानक न जाने कहाँ से भयंकर बाघ पर सवार एक देवी उस कक्ष में प्रकट हुईं। उन्होंने लाल साड़ी पहनी हुई थी, गले में मंदार पुष्पों की माला थी और अपने अन्य हाथों में उन्होंने अस्त्र-शस्त्रों को पकड़ रखा था।

ऐसा लगा, मानो सुदर्शन को पता था कि आगे उसे क्या करना है और उसने अपना दिव्य धनुष व बाण निकाला तथा बाणों की वर्षा कर दी।

सैनिकों ने जब देवी को सभागार में देखा तो उन्होंने अपने हथियार डाल दिए और भागने लगे। सुदर्शन की हत्या करने की इच्छा ने युद्धजित् को इस प्रकार अपने वश में कर लिया था कि वह देवी को पहचान नहीं सका। उसने देवी को एक सामान्य स्त्री मान लिया। दहाड़ते हुए उसने अपने सैनिकों से कहा, "कायरो, तुम एक स्त्री को देखकर भाग क्यों रहे हो? सुदर्शन को घेरो और उसे मार डालो!"

हलकी मुसकान और एक शब्द बोले बिना ही देवी ने अपने अचूक बाणों से युद्धजित् और शत्रुजित् दोनों का वध कर दिया

देवी की शक्ति और न्याय करने की उनकी यह कहानी कानोंकान हर तरफ फैल गई।

कुछ समय बाद कोशल देश के राजा के रूप में सुदर्शन का राजतिलक कर दिया गया। वह देवी का भक्त बना रहा और अपने जीवन का एक-एक दिन देवी की भक्ति में समर्पित करता रहा।

□

फलों और सब्जियों की देवी

एक बार की बात है, रुरु नाम का एक असुर रहता था, जो हिरण्याक्ष के वंश का था। त्रिदेव के भक्त रुरु ने ब्रह्माजी को प्रसन्न करने के लिए तपस्या की।

ब्रह्माजी जब उसके सामने प्रकट हुए तो उन्होंने रुरु से पूछा, "तुम्हारी क्या इच्छा है, वत्स?"

"हे देव! क्या आप मुझे यह वर देंगे कि त्रिदेव सदैव मेरे परिवार की रक्षा करें?"

"तथास्तु।" ब्रह्मा ने वर दिया और अंतर्धान हो गए।

समय बीतता गया और रुरु का पुत्र दुर्गमासुर, जो महत्त्वाकांक्षी और बुद्धिमान असुर था, एक शक्तिशाली राजा बन गया। असुरों के गुरु शुक्राचार्य ने दुर्गमासुर को ब्रह्माजी की आराधना करने का सुझाव दिया। शुक्राचार्य जानते थे कि असुरों ने पहले किस प्रकार के मूर्खतापूर्ण वरदान माँगे हैं, इसलिए उन्होंने दुर्गमासुर को सावधान किया, "जो भी माँगना, सोच-समझकर माँगना।"

तपस्या के लिए निकलने से पहले दुर्गमासुर ने अपने गुरु की बात ध्यान से सुनी। बरसों तक उसने ध्यान लगाया और तब जाकर ब्रह्माजी प्रकट हुए तथा उससे पूछा, "मेरे भक्त, कहो, तुम क्या चाहते हो?"

दुर्गमासुर वेदों एवं यज्ञों के महत्त्व को जानता था और उसने निर्णय लिया कि अपने पूर्ववर्तियों की तरह वह अमरत्व का वरदान नहीं माँगेगा।

इसके स्थान पर उसने कहा, "हे भगवान्! आप चारों वेदों के रचयिता हैं। उनका पूर्ण स्वामित्व मुझे दे दीजिए।"

ब्रह्माजी सहमत हुए और उन्होंने दुर्गमासुर को वरदान दे दिया।

वेदों का स्वामी बन जाने के बाद दुर्गमासुर ने उन्हें पाताल, यानी धरती के सबसे निचले हिस्से में ताले में बंद कर दिया। इसके फलस्वरूप पुरोहितों और ऋषि-मुनियों की आगे की पीढ़ियाँ न तो वेदों को पढ़ पा रही थीं, न ही यज्ञ कर पा रही थीं। धीरे-धीरे यज्ञों की संख्या कम हो गई और देवताओं को प्रसन्न करने के लिए अग्नि में होम की जानेवाली खाद्य सामग्री एकदम कम हो गई। कुछ और समय बीतने पर यज्ञ का आयोजन लगभग समाप्त हो गया। इसलिए देवताओं का संपर्क मनुष्यों से टूटने लगा और धरती पर उनका प्रभाव क्षीण होते-होते समाप्त होने लगा।

दुर्गमासुर जानता था कि देवताओं के शक्तिहीन होने से उसकी शक्ति बढ़ेगी। जल्दी ही वह धरती के वासियों तथा अन्य जीवों को सताने लगा।

जल के देवता वरुण इतने पतले और दुर्बल हो गए कि वे धरती पर वर्षा करने में भी असमर्थ हो गए, जिसका परिणाम यह हुआ कि सभी जल-स्रोत सूखने लगे। धरती पर अकाल पड़ गया। भोजन और संसाधनों के बिना पशु-पक्षी मरने लगे और यही दशा पुरुषों, स्त्रियों व बच्चों की हुई।

हालाँकि दुर्गमासुर में न कोई परिवर्तन आया, न पश्चात्ताप ही दिखा। राजा के रूप में वह अब भी अपनी प्रजा से जल सहित सभी प्रकार के संसाधनों की माँग कर रहा था और उसका लोगों की कठिनाइयों से कोई लेना-देना नहीं था। यही नहीं, इस अवसर का लाभ उठाते हुए उसने स्वर्ग की ओर कूच कर दिया, जहाँ इंद्र का सिंहासन छीनकर वह स्वयं राजाओं का राजा बन गया। इससे वरुण सहित सभी देवता उसके दास बन गए।

देवता असहाय थे, क्योंकि त्रिदेव ने दुर्गमासुर के पिता को रक्षा का वरदान दे रखा था। ब्रह्मा को थोड़ा भी भान नहीं था कि वेदों को दुर्गमासुर को सौंपने से यज्ञों का अंत हो जाएगा, जिससे देवता शक्तिहीन हो जाएँगे और धरती पर लोग भूख से मरने लगेंगे।

दुर्गमासुर और उसके अगले कदम का डर देवताओं व मनुष्यों को समान रूप से सताने लगा। ब्रह्मा एवं विष्णु भागकर शिवजी के पास पहुँचे और उनसे सहायता माँगी।

शिवजी शांत थे। उन्होंने कहा, "त्रिदेव ने रुरु के परिवार के संरक्षण का वचन दिया है। यही कारण है कि हम दुर्गमासुर के विरुद्ध युद्ध की घोषणा नहीं कर सकते हैं। एकमात्र व्यक्ति, जो ऐसा कर सकता है, वे मेरी पत्नी पार्वती हैं, जो विचार और कर्म में मुझसे स्वतंत्र हैं। भले ही हमने परिवार की सुरक्षा का वचन दिया है, किंतु पार्वती कुछ सहायता कर सकती हैं। वे उग्र योद्धा हैं, जो अपने शत्रुओं को आसानी से पराजित कर सकती हैं।"

देवताओं और मनुष्यों की अनगिनत पुकारों को सुनने के बाद पार्वतीजी शेर पर सवार होकर धरती पर पहुँचीं। उनके सभी सोलह हाथों में एक-एक अस्त्र था। देवी ने देखा कि अंतहीन अकाल के कारण धरती से हरियाली समाप्त हो चुकी है और पशुओं एवं मनुष्यों के शवों का ढेर लगा है। हृदय में माँ की ममता लिये पार्वती अपनी उदासी को छिपा नहीं सकीं और उनकी आँखों से आँसू फूट पड़े। जैसे ही आँसुओं की बूँदें धरती पर गिरीं, वैसे ही उन्होंने पूर्ण नदियों का रूप ले लिया। पार्वतीजी ने जब देखा कि उनके आँसू पानी का रूप ले रहे हैं तो उन्होंने अपनी शक्ति के प्रयोग से अपने शरीर में सौ आँखों को जन्म दे दिया। इसी से उनका नाम 'शताक्षी' यानी 'सौ आँखोंवाली' पड़ा।

जल्दी ही धरती जल को पाकर धन्य हुई; किंतु जीवन को बनाए रखने के लिए वृक्ष नहीं थे। पार्वती सोच में पड़ गईं कि इस समस्या को कैसे दूर किया जाए? वे जानती थीं कि वर्षा का जल ही जल का सबसे पवित्र रूप होता है और इससे अन्न बहुत तेजी से उपजता है।

इसलिए वे दुर्गमासुर की खोज में निकल पड़ीं। जैसे ही उन पर असुर राज की दृष्टि पड़ी, वह उनकी सुंदरता पर मोहित हो गया; जबकि पार्वतीजी जानती भी नहीं थीं कि वह कौन है? उसने पार्वती से पूछा, "हे सुंदर स्त्री! तुम मुझसे क्या चाहती हो? मुझे विश्वास है, तुम्हें जो कुछ भी चाहिए, वह मैं तुम्हें दे सकता हूँ।"

"वेदों को मुक्त करो और फिर से यज्ञ होने दो। वरुण देव को धरती पर वर्षा करने दो। केवल वर्षा से ही फसल उत्पन्न हो सकती है। नदियाँ सहायक हैं, किंतु वर्षा अनिवार्य है।"

"सुंदर स्त्री, मैं तुम्हारी बात मान लूँगा; किंतु मैं चाहता हूँ कि तुम मुझसे विवाह करो।"

"क्या तुम जानते नहीं कि मैं शिव की पत्नी और इस ब्रह्मांड की माता हूँ? तुम प्रेम का अर्थ नहीं जानते क्या?" उन्होंने आगे कहा, "वत्स, तुमने पाप किया है। अपने बुरे कर्मों को छोड़ दो और इस बात को समझो कि इस संसार में शांति आवश्यक है।"

फिर भी दुर्गमासुर ने उनकी बातों पर ध्यान नहीं दिया। उसे उनकी सुंदरता के आगे कुछ भी नहीं सूझ रहा था। उसने कहा, "यह बड़ी अच्छी बात है कि तुम शिव की पत्नी हो; किंतु मैं तुमसे कहना चाहूँगा कि तुम अपने तपस्वी पति को छोड़ दो, जो कैलाश पर्वत जैसे निर्जन स्थान पर रहता है। मेरी रानी बन जाओ और मैं जीवन भर के लिए तुम्हारा दास बन जाऊँगा।"

उसकी बातों को सुनकर पार्वतीजी को क्रोध आ गया। वहीं देवतागण इन सारी बातों को रुचि और भय—दोनों के ही साथ देख रहे थे।

"तुम्हें समझाना व्यर्थ है।" वे बोलीं, "इसलिए इसका एकमात्र समाधान यही है कि तुम्हारा अंत कर दिया जाए। संभवतः यही तुम्हारी नियति और तुमने जो कहा, उसकी परिणति है। आओ, युद्ध करें।"

दुर्गमासुर अट्टहास करने लगा। यह बात उसे एकदम विचित्र लगी।

"अरे, छोड़ो भी। तुम्हारे जैसी कोमल स्त्री भला मेरे जैसे शक्तिशाली राक्षस से कैसे लड़ेगी?"

पार्वती युद्ध करने पर अड़ी रहीं। इसलिए न चाहते हुए भी दुर्गमासुर लड़ने के लिए तैयार हो गया। दोनों के मध्य एक भयंकर और भीषण युद्ध हुआ। क्रोधी और प्रतिशोधी अवतार लिये पार्वती ने अपने सभी अस्त्र-शस्त्रों और रणनीतियों का प्रयोग कर दुर्गमासुर को मार डाला।

धीरे-धीरे पार्वती का क्रोध शांत हुआ और वे अपने शांत रूप में चली

आईं तथा धन्यवाद देने आए देवताओं व मनुष्यों से कहा, "मैंने जिस रूप में दुर्गमासुर के साथ युद्ध किया, उसे 'दुर्गा' के नाम से जाना जाएगा। संसार को बचाने के लिए मैं पौधों, वृक्षों और सब्जियों को उगाने हेतु बीज दूँगी और वरुण देव कृषि के लिए वर्षा कराएँगे। इस प्रयोजन के लिए तुम मेरे शाकुंभरी रूप की पूजा पुष्पों या आभूषणों से नहीं, बल्कि सब्जियों से करना। मैं यहाँ एक सुंदर उद्यान की रचना करूँगी, जिसमें सदा-सदा के लिए सब्जियाँ उगेंगी। इस हेतु मुझे 'वनशंकरी' या 'वाटिका की देवी' के रूप में जाना जाएगा और मुझे हरे परिधान ही पहनाए जाने चाहिए।"

आज उत्तर कर्नाटक के बगलकोट जिले में बनशंकरी का मंदिर है, जिसमें प्रसन्न मुखवाली पार्वती की प्रतिमा है, जिनके सोलह हाथ हैं और वे शेर पर सवार हैं। नवरात्र के समय उन्हें नीबू, मिर्च, बैंगन, पान के पत्ते तथा अन्य सब्जियों की माला से सजाया जाता है। उन दिनों उन्हें केवल पकी हुई सब्जियों का भोग लगाया जाता है, जो शुभ अंक, 108 प्रकार की होनी चाहिए।

□

स्वर्ग की सीढ़ियाँ

जब राजा पांडु की मृत्यु हुई, तब उनकी विधवा रानी कुंती अपने पाँच पुत्रों, यानी पांडवों के साथ अपने पति के सौतेले भाई और शासन कर रहे राजा धृतराष्ट्र के पास रहने चली गईं, जहाँ उनकी पत्नी गांधारी और उनके सौ पुत्र कौरव रह रहे थे।

कुंती, जिन्हें 'पृथा' के नाम से भी जाना जाता था, को लगता था कि उनके बच्चे नाम के ही राजकुमार थे, क्योंकि न तो उनके पिता जीवित थे, न ही विरासत में मिला कोई राज्य उनके पास था। कुछ समय बाद उन्हें लगने लगा कि अपने जेठ के घर में वे बिन बुलाई मेहमान हैं और सोचने लगीं कि कितने दिनों तक वे वहाँ रह पाएँगी?

एक दिन घुमक्कड़ ऋषि नारद राजमहल में पधारे और उन्होंने कुंती को गांधारी से बातचीत करते सुना। बाद में उन्होंने दोनों स्त्रियों से पूछा, "आप दोनों क्या बातें कर रही थीं?"

"अपने पुत्रों के हित की बातें।" गांधारी ने कहा।

"तब तो आपको देवी पार्वती की पूजा करनी चाहिए। वैसे भी, वे उन सबकी सबसे अच्छी माता हैं।" नारद ने कहा।

"मैं माता पार्वती की क्षमता और शक्ति से अवगत हूँ, किंतु अपने पुत्रों के लिए हम उनकी प्रार्थना किस प्रकार करें?" कुंती ने पूछा।

"गज गौरी पूजन करो, किंतु यह गणेशोत्सव से पहले और वर्षा ऋतु के समापन पर, भाद्रपद मास में ही किया जाना चाहिए।"

"पूजा के लिए क्या किया जाना चाहिए?" कुंती ने पूछा।

"पार्वती को अपने घर आने का निमंत्रण दो। यदि संभव हो तो उनका परिवार भी साथ आए। उन्हें किसी हाथी पर आना चाहिए। यदि यह संभव न हो तो देवी की प्रतिमा को उस पर बिठा दो और उन्हें वस्त्र, कलश एवं पुष्प चढ़ाओ। उनसे प्रार्थना करो कि वे तुम्हारे पुत्रों की रक्षा और देखभाल करें।"

इन शब्दों के साथ नारद ने कुंती और गांधारी से विदा ली।

कुंती जब अपने कक्ष में लौटीं तो बैठकर सोचने लगीं, 'गांधारी रानी हैं और उनके सौ पुत्र हैं। वह आसानी से एक जीवित हाथी ले आएँगी। वह प्रत्येक बच्चे को कार्य सौंप देंगी और पूरे हर्षोल्लास के साथ पूजा करेंगी। मेरा भाग्य ऐसा है कि न तो मैं यह सबकुछ कर सकती हूँ, न मेरे पास इतना सामर्थ्य है और मेरे पुत्र पाँच ही हैं। अब मैं क्या करूँ?'

इस बीच गांधारी अपने कक्ष में बैठकर सोच रही थीं, 'इस विशेष पूजा में मुझे कुंती को आमंत्रण नहीं देना चाहिए। उसके पास कोई संसाधन भी नहीं और वह जब मुझे पूजा करते देखेगी तो उसे याद आ जाएगा कि रानी न होने के कारण उसके पास क्या कुछ नहीं है और वह उदास हो जाएगी। मैं उसे दुःख नहीं पहुँचाना चाहती।"

यह मानकर कि उसने जो किया, अच्छा किया, गांधारी ने एक जीवित हाथी के साथ पूजा की, जिसकी पीठ पर देवी की प्रतिमा को बिठाया और उन्हें खूब स्वादिष्ट भोजन तथा आकर्षक वस्त्रों का चढ़ावा चढ़ाया।

कुंती को जब इस पूजा का समाचार मिला तो उन्हें घोर निराशा हुई। 'गांधारी ने मुझे नहीं बुलाया, क्योंकि मेरी अब ऐसी स्थिति नहीं कि मैं उनके बराबर खड़ी हो पाऊँ!' उन्होंने मन-ही-मन सोचा।

उनके पुत्रों ने जब उन्हें इस दशा में देखा तो पूछा, "माता, आप किस बात से दुःखी हैं?"

"गांधारी ने आज अपने सौ पुत्रों के लिए गज गौरी पूजा की। उनकी सहायता के लिए उनके इतने पुत्र हैं, किंतु उन्होंने न तो मुझे बुलाया, न ही

सूचना दी। मैं भी पूजा करना चाहती थी, किंतु हमारी जैसी स्थिति है, उसमें मैं कैसे पूजा करती?"

"माता, आपके पाँच पुत्रों की शक्ति सौ मनुष्यों की शक्ति से भी अधिक है।" अर्जुन ने कहा, "जिस प्रकार माता गांधारी पूजा के लिए एक जीवित हाथी लेकर आईं, उसी प्रकार मैं इंद्र के दरबार से सफेद हाथी ऐरावत ले आऊँगा। सच कहूँ तो मैं सुनिश्चित करूँगा कि देवी पार्वती स्वयं पूजा के लिए पधारें।"

"मेरे पुत्र, तुम ऐसा कैसे करोगे?" कुंती ने पूछा।

"इसकी चिंता आप न कीजिए माता।" अर्जुन ने कहा और अपना धनुष-बाण लेकर निकल गए। वे नगर के बाहरी हिस्से में पहुँचे। कुछ समय बाद उन्हें खाली स्थान मिला और उन्होंने आकाश में सैकड़ों बाण चला दिए, साथ ही इस बात का ध्यान रखा कि स्वर्ग तक बाणों की एक सीढ़ी बन जाए। जैसे ही वह सीढ़ी तैयार हुई, अर्जुन सीढ़ियाँ चढ़ते हुए इंद्र के दरबार में प्रवेश कर गए।

दरबार में बैठे देवताओं ने एक मनुष्य को स्वर्ग में प्रवेश करते देखा तो घबरा गए। अब तो कोई भी उनके देवलोक तक चला आएगा और उनका धन ले जाएगा!

अर्जुन ने दरबार में सभी देवताओं को अपने आने की सूचना दी, "हे आदरणीय देवताओ! मैं अर्जुन हूँ और हृदय से आग्रह करता हूँ कि मैं देवराज इंद्र से मिलना चाहता हूँ।"

इंद्र ने उस वीर, युवा योद्धा को पहचान लिया और स्नेह से उससे पूछा, "प्रिय अर्जुन, तुम्हें क्या चाहिए? तुम जो चाहो, वह सब मैं तुम्हें देने के लिए तैयार हूँ; किंतु ध्यान रहे कि जब तुम्हारा कार्य पूरा हो जाए, तब तुम इस सीढ़ी को नष्ट कर दोगे। तुम प्रशंसनीय स्वभाव के व्यक्ति हो; किंतु धरती पर सभी तुम्हारे जैसे नहीं हैं और हम नहीं चाहते कि कुपात्र लोग हमारे इस लोक में प्रवेश करें।"

अर्जुन ने झुककर उन्हें प्रणाम किया, "मेरी माता गज गौरी पूजा करना

चाहती हैं और उसके लिए उन्हें एक हाथी की आवश्यकता है। क्या मैं आपके हाथी ऐरावत को कुछ समय के लिए ले जा सकता हूँ?"

"क्यों नहीं! तुम ऐरावत को ले जा सकते हो। उस शक्तिशाली सीढ़ी से नीचे ले जाओ, जिसे तुमने बनाया है।" इंद्र ने उत्तर दिया।

"और मुझे पूजा के लिए सभी प्रकार की सामग्री भी चाहिए।"

"तुम जो चाहो, ले जाओ।" इंद्र ने स्वीकृति दे दी।

"क्या मैं आपसे आग्रह कर सकता हूँ कि आप भगवान् शिव और देवी पार्वती को स्वयं पूजा में आने का निमंत्रण दें?"

इंद्र मुसकराने लगे। "हाँ, मैं उनसे कह दूँगा।"

अर्जुन ऐरावत और अन्य आवश्यक पूजा सामग्रियों को पृथ्वीलोक में लेकर आ गए। पूजा के शुभ मुहूर्त पर पार्वती अपने पति और उनके गण, यानी भक्तों के साथ पहुँचीं। वे ऐरावत पर विराजमान हुईं और कुंती ने पूरे भक्ति-भाव से उनकी पूजा की।

जब पूजा का समापन होने लगा, तब देवी पार्वती ने कुंती को आशीर्वाद दिया, "लोग धर्म और अच्छे कर्मों के विषय में जब-जब बात करेंगे, तब-तब तुम्हारे पुत्रों का नाम अवश्य लेंगे। तुम्हारा पुत्र अर्जुन, जो तुम्हारी इच्छा को पूरा करने के लिए स्वर्ग तक पहुँच गया, उसे 'पार्थ' के रूप में जाना जाएगा।"

आज भी कर्नाटक में बच्चों के कल्याण के लिए गज गौरी पूजा की जाती है। आमतौर पर यह सोलह दिनों तक चलती है, जिसके दौरान हर दिन एक अलग प्रकार का भोजन तैयार किया जाता है। यह पूजा किसी विशेष समुदाय से जुड़ी नहीं है, न ही इसमें बहुत अधिक कर्मकांड होते हैं। यह मात्र आस्था और विश्वास से जुड़ी है। चूँकि आजकल जीवित हाथी लाना संभव नहीं है, इसलिए लोग मिट्टी के बने हाथी पर पार्वती की एक प्रतिमा को रख देते हैं।

□

एक स्त्री के साथ युद्ध

एक समय की बात है, शुंभ और निशुंभ नाम के दो असुर भाई रहते थे, जो क्रूर असुर शंबासुर के पुत्र थे।

दोनों भाइयों ने एक साथ भगवान् ब्रह्मा की आराधना की और पुष्कर के पवित्र स्थान पर कठोर तपस्या की। वर्षों की तपस्या के बाद ब्रह्माजी प्रकट हुए। "मेरे भक्तो, कहो, तुम्हें क्या वरदान चाहिए?" उन्होंने पूछा।

दोनों भाइयों का उत्तर तैयार था, "भगवान्, हम किसी भी प्रजाति के पुरुष सदस्य के हाथों मरना नहीं चाहते—चाहे वह मनुष्य हो, पशु हो या देवता।"

ब्रह्माजी मुसकराए और कहा, "तथास्तु।"

दोनों भाइयों की खुशी का ठिकाना नहीं था। यह अमरत्व के वरदान से कम नहीं था। उनके मन में यह विचार नहीं आया कि कोई स्त्री इतनी शक्तिशाली हो सकती है कि दोनों का वध कर दे।

शुंभ धरती का राजा था। वरदान मिलने के बाद दोनों भाइयों का व्यवहार निर्दयतापूर्ण हो गया। वे उससे भी कहीं अधिक क्रूर हो गए, जब वे ताड़का की सेना के सेनापति हुआ करते थे और जब वह शक्तिशाली राक्षसी जीवित थी। स्थिति को और गंभीर बनाते हुए उनकी सहायता चंड एवं मुंड नाम के दो बड़े योद्धा कर रहे थे, जो मात्र दोनों भाइयों की सेवा के उद्देश्य से उनके साथ जुड़ गए थे। समय के साथ दोनों के अंत्याचार अपने चरम पर पहुँच गए और सामान्य मनुष्य का जीवन अत्यधिक कष्टदायक हो गया।

एक दिन चंड और मुंड वन में घूम रहे थे, तभी उनकी दृष्टि एक स्त्री पर पड़ी, जो इतनी सुंदर थी कि उन्होंने उसकी सुंदरता का संदेश तुरंत राजा शुंभ तक पहुँचा दिया। उन्होंने राजा से कहा कि वह स्त्री उनकी पत्नी बनने के योग्य है।

चंड और मुंड की राय पर विश्वास करनेवाले शुंभ ने अपने दो अधीनस्थों के माध्यम से उस सुंदर स्त्री तक विवाह का प्रस्ताव भिजवा दिया।

वह स्त्री, जो देवी पार्वती का रूप थी, उसने आग्रह को ठुकरा दिया, "मैंने प्रण किया है कि मैं किसी ऐसे व्यक्ति से विवाह करूँगी, जो मुझे युद्ध में पराजित कर दे। इसलिए मैं राजा के प्रस्ताव को स्वीकार नहीं कर सकती।" उसने दूतों से कह दिया।

लेकिन शुंभ ने हार नहीं मानी। उसने अन्य विश्वस्त मंत्रियों को उसे मनाने के लिए भेजा; हालाँकि वे सभी उसी संदेश के साथ बैरंग लौट आए।

अंत में, राजा ने उस स्त्री को पकड़ने के लिए 60,000 सैनिक भेजे; किंतु बाघ पर सवार, अनेक शस्त्रों से सुसज्जित पार्वती ने सभी सैनिकों सहित अपने पास आनेवाले सभी असुरों को मार डाला, जिनमें चंड और मुंड भी शामिल थे।

अपने निष्ठावान् सेवकों का मारा जाना शुंभ और निशुंभ पर होनेवाला बहुत बड़ा प्रहार था। "वह हमारी इस विशाल सेना और विश्वस्त योद्धाओं को कैसे नष्ट कर सकती है?" शुंभ क्रोध से दहाड़ रहा था। वरदान को भूलकर अब दोनों भाई स्वयं उससे युद्ध करने निकल पड़े।

नियति के अनुसार ही पार्वती ने अविश्वसनीय शक्ति और साहस के साथ घनघोर युद्ध किया, जिसमें दोनों असुर भाइयों का वध कर दिया और उनके राज्य तथा उसकी प्रजा को सदा के लिए पाप से भरे शासन से मुक्त कर दिया।

ब्रह्माजी का वरदान अटूट रहा, क्योंकि दोनों भाइयों का वध किसी भी प्रजाति के पुरुष सदस्य ने नहीं, बल्कि एक स्त्री ने किया।

□

रणभूमि की स्त्री

रंभ और करंभ दो असुर भाई थे, जो विशेष शक्ति की कामना किया करते थे। अग्निदेव एवं वरुणदेव के गहन ध्यान और उनकी प्रार्थना से वे इन शक्तियों को पाना चाहते थे। धधकती ज्वाला में वास करते हुए रंभ ने अग्निदेव की आराधना की, जबकि करंभ ने एक नदी में खड़े होकर वरुणदेव की आराधना का आरंभ किया।

देवराज इंद्र को जब उनकी तपस्या की सूचना मिली तो उनका सिंहासन डोलने लगा। वे किसी भी प्रकार दोनों भाइयों को ऐसा कोई भी वरदान पाने से रोकना चाहते थे, जिसका प्रयोग देवताओं के विरुद्ध किया जा सकता था।

काफी सोच-विचार के बाद इंद्र ने एक मगरमच्छ का रूप धारण किया और उस जल में प्रवेश कर गए, जिसमें खड़े होकर करंभ ने ध्यान लगा रखा था और तुरंत उस पर हमला कर उसे मार डाला। उन्होंने रंभ पर भी हमला करने और उसे डुबोने का प्रयास किया, किंतु अग्नि की कृपा से वह भागने में सफल हो गया।

कई वर्ष बीते और रंभ का असुरों के राजा के रूप में राजतिलक हो गया। जल्दी ही उसे एक पुत्र-रत्न की भी प्राप्ति हुई, जिसका नाम उसने 'महिषासुर' रख दिया। उस शिशु के नाम का अर्थ था—'भैंसे के सिरवाला असुर', जो यह बताता है कि उस असुर में किसी भैंसे के जितनी शक्ति थी।

महिषासुर जब बड़ा हुआ, तब उसे अपने चाचा की मृत्यु के पीछे की कहानी का पता चला और वह इंद्र पर क्रोधित हो गया। उत्सुकता के साथ वह

देवराज इंद्र से युद्ध करने के सही समय की प्रतीक्षा करने लगा।

प्रतीक्षा की अवधि में उसने अमरत्व के वरदान के लिए ब्रह्माजी की आराधना की। ब्रह्माजी ऐसा कोई वचन नहीं दे सकते थे, इसलिए इसकी बजाय उन्होंने उसे दूसरा वरदान दिया, "महिषासुर, तुम्हारा अंत केवल एक स्त्री के हाथों ही होगा।"

महिषासुर संतुष्ट हो गया। 'मेरे जैसे शक्तिशाली पुरुष को पराजित करना किसी स्त्री के लिए संभव नहीं है।' अहंकार के साथ उसने सोचा।

सही समय आने पर महिषासुर ने इंद्र के विरुद्ध युद्ध छेड़ दिया। देवलोक की सेना अपने शत्रु को पराजित नहीं कर सकी और सभी देवताओं को देवलोक से खदेड़ दिया गया। इससे सभी देवताओं को काररवाई करने के लिए एकजुट होना पड़ा। उन्होंने महिषासुर का अंत करने का संकल्प लिया; हालाँकि ब्रह्मा के वरदान के कारण कोई भी पुरुष उस भयंकर राक्षस को पराजित नहीं कर सकता था।

इसलिए देवताओं ने एक योजना तैयार की। त्रिदेवों के आशीर्वाद और अपनी शक्तियों को मिलाकर उन्होंने उस असुर का अंत करनेवाली देवी का स्वरूप दिया—देवी पार्वती का दिव्य रूप, जिनके कई हाथ और सुंदर लंबे काले बाल थे।

देवताओं ने पार्वती के इस अवतार को एक लाल साड़ी, सोने के आभूषण और एक भव्य मुकुट दिया। "आपको रणभूमि की देवी, 'दुर्गा' के नाम से जाना जाएगा।" ब्रह्मा ने कहा। इसके अतिरिक्त तीनों ने उनकी प्रमुख सवारी के रूप में एक बाघ का उपहार तथा अपने-अपने विशिष्ट अस्त्र दिए—शिव का त्रिशूल, विष्णु का सुदर्शन चक्र, ब्रह्मा का कमंडलु, वायुदेव का धनुष, सूर्यदेव के बाण, इंद्र का वज्र, अग्नि की बरछी और वरुण का शंख।

दुर्गा जब तैयार हो गईं, तब ब्रह्माजी ने सभी देवताओं की ओर से वार्त्ता की और उनसे आग्रह किया, "हे देवी! शक्तिशाली और बेलगाम हो चुके महिषासुर का वध हममें से कोई भी नहीं कर सकता। उसका मर्दन करने के

लिए आपको इन सभी अस्त्रों की आवश्यकता पड़ेगी। हम प्रार्थना करते हैं कि आप हमारी सहायता करें।"

ऐसा लगा, मानो दुर्गा इन्हीं शब्दों को सुनने की प्रतीक्षा कर रही थीं। वे आगे बढ़ीं और महिषासुर के साथ एक भीषण युद्ध किया। 'चामुंडी' नाम की एक पहाड़ी की चोटी पर यह युद्ध हुआ, जिसमें देवी दुर्गा ने महिषासुर का वध कर दिया।

> वह क्षेत्र, जिस पर महिषासुर का शासन था, उसे पुराने समय में 'महिषामंडल' के नाम से जाना जाता था। आजकल इसे 'मैसूर' के नाम से जाना जाता है, जो कर्नाटक में है। पार्वती को 'महिषासुर-मर्दिनी' या 'चामुंडी' कहा जाने लगा। मैसूर में पहाड़ी की एक चोटी पर पार्वती के इस संहारक अवतार के प्रति समर्पित एक मंदिर है।
>
> पार्वती के विषय में इस कहानी का वर्णन 'देवी माहात्म्य' (देवी की महिमा) नाम के धर्मग्रंथ में है। यह कहानी इस प्रकार उनकी पूजा का अभिन्न अंग बन गई कि युद्ध के आरंभ से पहले राजघरानों में दुर्गा की प्रार्थना की जाने लगी। आज भी नवरात्र के नौ दिनों की अवधि में देवी पार्वती की पूजा उनके सभी नौ रूपों, जैसे कि वैष्णवी, काली और दुर्गा के रूप में की जाती है।

□

कल्पवृक्ष से मिली बेटी

शिव की अर्धांगिनी और गणेश एवं कार्तिकेय की माता पार्वती को कई बार अकेलापन खलने लगता था। शिव सदैव ध्यान लगाए रहते थे और उनके दोनों पुत्र घर के बाहर की गतिविधियों में व्यस्त रहते थे। पार्वती को लगता था कि उनके बेटे कभी उन्हें समझ नहीं पाएँगे, अत: उनके मन में एक बेटी की इच्छा जगी, जिसे वे अपने मन की बातें बता सकती थीं।

एक दिन, अकेलेपन की एक और अवधि के बाद, उन्होंने शिव से बात की, "मैं बहुत बुरी तरह ऊब गई हूँ। मुझे इस संसार की सबसे सुंदर वाटिका में ले चलिए।"

शिव मुसकराए और उन्होंने पार्वती को अमरावती स्थित इंद्र की राजधानी में नंदन की अलौकिक वाटिका दिखाई।

वहाँ पार्वती ने अनेक सुंदर वृक्ष देखे; किंतु समुद्र-मंथन से उत्पन्न हुए कल्पवृक्ष, यानी इच्छा को पूर्ण करनेवाले वृक्ष, ने उनका मन पूरी तरह से मोह लिया। अचानक उनके मन में एक बेटी माँगने की इच्छा हुई, जिससे उनका दु:ख और अकेलापन दूर हो जाएगा। कल्पवृक्ष ने तुरंत उनकी इस इच्छा को पूर्ण कर दिया और एक सुंदर सी बच्ची अब उनके पास थी। प्यार से पार्वती ने उसका नाम 'अशोक सुंदरी' रख दिया—'एक सुंदर कन्या, जो अकेलेपन को कम कर देती है।'

अशोक सुंदरी बड़ी होकर एक ऐसी युवती बनी, जो अपने माता-पिता के प्रति समर्पित थी। पार्वती उससे बहुत स्नेह रखती थीं और उसके साथ रहने

पर वे आनंद का अनुभव करती थीं।

जब अशोक सुंदरी विवाह योग्य हुई, तब पार्वती का यह विचार था कि उसके लिए योग्य वर कोई लौकिक राजा ही हो सकता है, जिसकी महानता इंद्र के समान हो। बहुत सोच-विचार के बाद पार्वती ने तय किया कि चंद्र वंश का राजकुमार नहुष योग्य वर होगा और उन्होंने यह बात अपनी पुत्री को बताई, जो उनकी बात से सहमत थी।

एक दिन अशोक सुंदरी पास के ही एक वन में अपनी सहेलियों के साथ हँसी-ठिठोली कर रही थी। युवतियों का समूह खिलखिला रहा था और जोर-जोर से बातें कर रहा था। तभी हुंड नाम के एक राक्षस का ध्यान इस ओर गया। उसने जब अशोक सुंदरी को देखा तो देखते ही उससे प्रेम हो गया। वह उसके पास गया और उससे कहा, "हे रूपवती स्त्री! मैं हुंड हूँ, एक योग्य असुर और मैं अपना हृदय तुम पर हार चुका हूँ। क्या तुम मुझसे विवाह करोगी?"

"क्षमा चाहती हूँ, किंतु मेरा विवाह तो राजकुमार नहुष से होने वाला है।" अशोक सुंदरी ने सच-सच बता दिया।

हुंड को क्रोध आ गया, लेकिन उसने अपनी वास्तविक भावनाओं को प्रकट नहीं किया। इसके स्थान पर उसने एक षड्यंत्र रचा।

कुछ ही देर बाद उसने एक विधवा का रूप धर लिया, जिसके पति की उसने पहले हत्या की थी। विधवा के रूप में वह अशोक सुंदरी से मिला। "हुंड एक दुष्ट राक्षस है और प्रायः इस क्षेत्र में आता रहता है।" विधवा ने कहा, "उसकी क्रूरता के कारण ही आज मैं इस असहाय स्थिति में हूँ। सुंदर युवती, तुम्हारा यहाँ रहना सुरक्षित नहीं है। तुम मेरे साथ मेरे आश्रम क्यों नहीं चलतीं? मैं दीन-हीन हूँ और मेरे पास छोटी सी जगह है; किंतु कृपा कर तुम आओ और मेरा आतिथ्य स्वीकार करो।"

अशोक सुंदरी सहमत हो गई। उसने अपनी सहेलियों से कहा कि कुछ देर बाद वह लौट आएगी और उस विधवा के साथ उसके आश्रम की ओर चल दी। जैसे ही दोनों स्त्रियों ने द्वार को पार किया, हुंड ने विधवा का रूप

छोड़ा और अपने असली रूप में आ गया।

यह समझ आते ही कि उसे छला गया है, अशोक सुंदरी ने उसे शाप दिया, "हुंड, तुम नहीं जानते कि मैं कौन हूँ? मैं देवी पार्वती की पुत्री हूँ। मैं तुम्हें शाप देती हूँ कि तुम्हारा वध नहुष के हाथों होगा।"

अशोक सुंदरी आश्रम के खुले द्वारों से भाग निकली और कैलाश पर्वत पर अपने माता-पिता के घर पहुँच गई।

शाप से भयभीत होकर हुंड ने तुरंत काररवाई का निर्णय लिया। उसने इन बातों से अनजान युवा नहुष का उसके महल से अपहरण कर लिया और उसे बंदीगृह में डाल दिया।

किंतु भाग्य ने कुछ और ही निश्चित कर रखा था। एक सेविका को नहुष पर दया आ गई और उसने उसे प्रसिद्ध ऋषि वसिष्ठ और उनकी पत्नी अरुंधती को सौंप दिया। वह जानती थी कि वे उसे छिपाकर रखेंगे और उसकी देखभाल करेंगे। हुंड को जब पता चला कि उसका बंदी भाग निकला है तो वह आगबबूला हो गया और चारों ओर नहुष को ढूँढ़ने लगा; किंतु उसे सफलता नहीं मिली।

ऋषि दंपती ने राजकुमार की अच्छी देखभाल की और उसकी शिक्षा-दीक्षा का प्रबंध किया। कुछ ही वर्षों में वह राजकुमार एक सुंदर युवक बन गया। वह हुंड का वध करने के अवसर की प्रतीक्षा करने लगा।

इस बीच हुंड ने एक और षड्यंत्र रचा। उसने अशोक सुंदरी को अकेला पाकर अगवा कर लिया। उसने उसे एक खाली कक्ष में बंद किया और ताले में चाबी लगाते हुए कहा, "मैंने राजकुमार नहुष की हत्या कर दी है।"

अशोक सुंदरी व्याकुल हो उठी।

वह शोक में डूब गई और सोचने लगी कि उसकी माँ की यह बात कैसे झूठी हो सकती है कि उसका विवाह नहुष से होगा? वह अपने आँसुओं को रोक नहीं पाई और सुबक-सुबककर रोने लगी।

एक किंडारा दंपती, जो आधे मनुष्य और आधे घोड़े के जैसे होते हैं, अशोक सुंदरी की खिड़की के पास से जा रहे थे कि तभी उन्हें उसके रोने की

आवाज सुनाई पड़ी। वे वहीं रुक गए और पूछा, "हे युवती! तुम इतना फूट-फूटकर क्यों रो रही हो?"

"वीर राजकुमार नहुष की मृत्यु हो गई है।" उसने कहा।

वे मुसकराए और उसकी बात को सुनकर उन्हें हँसी आने लगी। "युवती, सुनी-सुनाई बातों पर ध्यान मत दो। नहुष जीवित और स्वस्थ हैं। वह कोई सामान्य मनुष्य नहीं, क्योंकि उन्हें ऋषि वसिष्ठ और उनकी पत्नी अरुंधती ने शिक्षा दी है। हमें चेहरे को पढ़ने की कला का आशीर्वाद मिला है और हम तुम्हें आश्वस्त कर सकते हैं कि तुम दोनों का विवाह होगा। तुम्हारी संतानों की कीर्ति पूरे संसार में फैलेगी।"

अशोक सुंदरी उनका आभार जताने के लिए मुसकराने लगी और उसका हृदय एक बार फिर आशा से भर गया।

कुछ दिनों बाद राजकुमार नहुष अशोक सुंदरी को ढूँढ़ता हुआ आया और अशोक सुंदरी को मुक्त कराने के लिए हुंड के साथ युद्ध किया। लंबी लड़ाई के बाद नहुष ने असुर का वध कर दिया और अशोक सुंदरी से विवाह कर लिया, जिससे उसकी प्रजा प्रसन्न हुई।

देखते-ही-देखते नहुष इतना शक्तिशाली सम्राट् बन गया कि देवताओं को आसानी से पराजित कर सकता था, यहाँ तक कि उसने कुछ समय के लिए इंद्र से उनका सिंहासन भी छीन लिया था।

अशोक सुंदरी की यह कहानी अधिक प्रसिद्ध नहीं है, किंतु यह पार्वती के मन में एक बेटी की गहरी इच्छा को दिखाती है, जिन्हें दृढ़ विश्वास और ज्ञान था कि एक बेटी निश्चित रूप से दुर्लभ व अनमोल होती है और जिसे पाने की लोगों की इच्छा आज भी रहती है।

□

यत्र नार्यस्तु पूज्यन्ते
रमन्ते तत्र देवताः

नदी की देवी

गंगा नदी हमारे देश की सबसे पवित्र और महत्त्वपूर्ण नदी है। इसकी अनेक उपनदियाँ हैं और उत्तराखंड में गंगोत्री की गुफाओं के उद्‌गम से यह हिमालय से नीचे की ओर बहती है।

गंगा से जुड़ी एक पौराणिक कथा बताती है कि विष्णु ने 'वामन' नामक अवतार लिया था और सम्राट् बलि से तीन गज जमीन की माँग की थी और बलि से कहा था कि वे जो भी कदम बढ़ाएँगे, वह उनके कदम के समान आकार का होना चाहिए। बलि को लगा कि यह छोटा सा आग्रह है और जब वह इस पर सहमत हो गए, तब वामन ने अपना आकार बढ़ाना शुरू किया और तब तक बढ़ाया, जब तक कि वे 'त्रिविक्रम' नाम का दैत्य नहीं बन गए। एक कदम में उन्होंने धरती की पूरी भूमि को नाप लिया, दूसरे से पूरे आसमान को और तीसरे ने बलि को नीचे गिरा दिया। जब दूसरे कदम ने स्वर्ग को अपने अधिकार में ले लिया तो ब्रह्माजी ने पहचान लिया कि यह कदम भगवान् विष्णु का है और उनके लिए पूजा करने का अवसर पाकर हर्षित हुए। इसलिए उन्होंने अपने छोटे से कमंडलु से थोड़ा जल निकाला और विष्णु के चरण धोए। उनके ऐसा करने से निकला पानी धरती पर गिरा और उसी प्रकार बहने लगा, जैसे स्वर्ग में कोई नदी बहती है और गंगा का जन्म हुआ। यही कारण है कि इस नदी को बहुत पवित्र माना जाता है और इसे 'देवगंगा' कहा जाता है।

इस नदी के संबंध में एक और कहानी है, जो क्रोधी स्वभाववाले दुर्वासा ऋषि से जुड़ी है। एक बार दुर्वासा ऋषि स्वर्ग में गंगा नदी में स्नान कर रहे थे, तभी अचानक हवा उस वस्त्र को उड़ा ले गई, जिसे उन्होंने पहन रखा था। गंगा ने यह देखा और हँस पड़ी। दुर्वासा क्रोधित हो गए और उसे शाप दिया, "तुम एक नदी हो, जो अलौकिक जगत् में रहती है; किंतु तुम्हारी अपरिपक्वता तुम्हारे स्वभाव का परिचय दे रही है, जो धरती पर रहनेवाले मनुष्यों जैसी है। आज के बाद तुम यहाँ नहीं, बल्कि धरती पर रहोगी।"

गंगा को लगा कि उसने क्षुद्रता की है और उसने दुर्वासा ऋषि से क्षमा याचना की, जो तब तक शांत हो गए थे। उन्होंने कहा, "मैं शाप को बदल नहीं सकता और तुम्हें धरती पर बहना होगा; किंतु मैं तुम्हें एक विशेष शक्ति दूँगा। जो भी तुम्हारे पवित्र जल में डुबकी लगाएगा, उसके द्वारा किया गया कोई भी पाप तुरंत धुल जाएगा।"

> यही कारण है कि लोग हरिद्वार, प्रयाग, ऋषिकेश और काशी जैसे स्थानों पर बहती गंगा के पास जाते हैं और आज भी अपने पापों को धोते हैं।

एक समय की बात है, जब भगीरथ नाम के एक राजा थे, जिनकी इच्छा थी कि गंगा नदी स्वर्ग से धरती पर आ जाए। राजा के पूर्वजों को भस्म कर दिया गया था और उनकी मुक्ति का एकमात्र उपाय यही था कि गंगा उनकी अस्थियों के ऊपर से बह जाए। अनेकानेक बार प्रार्थना और भगवान् का तप करने के बाद गंगा को धरती पर बहने की अनुमति दी गई, किंतु उसका बहाव इतना तेज था कि वह पूरी धरती को बड़ी आसानी से डुबो सकती थी। इसलिए शिव ने उन्हें अपनी जटा में धारण किया और मात्र एक छोटी सी धारा को ही धरती पर बहने दिया, जिससे उन्हें 'गंगाधर' नाम मिला। इसके बाद भी उनमें इतना बल था कि जब वे धरती पर पहुँचीं तो उनकी लहरों से ऋषि जह्नु के

आश्रम में बाढ़ आ गई। जह्नु इस तबाही से इतने क्रोधित हुए कि पूरी नदी को ही पी गए। इसके बाद गंगा आगे बह ही नहीं पाई। यह देखकर कि नदी का बहना बंद हो गया है, भगीरथ ने फिर से प्रार्थना की और जल्दी ही नदी जह्नु के कानों से बाहर निकली, जिससे उसका नाम 'जाह्नवी' पड़ा।

गंगा के विषय में एक कहानी नंदिनी के बारे में भी बताती है, जो एक कामधेनु गाय थी और पवित्र कामधेनु की पुत्री थी, जिसे महान् ऋषि वसिष्ठ के आश्रम भेजा गया था, ताकि वह उनके पूजा-पाठ में सहायक हो सके और उनके अतिथियों की देखभाल कर सके। एक दिन आठ वसु, यानी छोटे देवताओं ने वसिष्ठ के आश्रम में नंदिनी की सेवा का लाभ उठाया और वापस जाकर अपनी-अपनी पत्नियों को उसके विषय में बताया। पत्नियों के मन में तुरंत उस पवित्र गाय को पाने की इच्छा जगी और उन्होंने अपने-अपने पतियों से कहा कि वे नंदिनी को पकड़कर उनके पास ले आएँ। सबसे पहला प्रयास आठ वसुओं में से एक प्रभाष ने किया। उन्होंने उस गाय को चुराया और फिर दूसरी गायों को आश्रम से बाहर भगा दिया। वसिष्ठ को जब इस दुस्साहस का पता चला तो वे आगबबूला हो गए और आठों वसुओं को शाप दे दिया। उन्होंने हुंकार भरी, "अपने कर्मों का पाप भोगने के लिए तुम सभी धरती पर मनुष्यों के रूप में जन्म लोगे!"

वसुओं ने वसिष्ठ से क्षमा याचना की और तब तक करते रहे, जब तक कि वे अपने शाप की शक्ति को कम करने पर सहमत नहीं हो गए। "तुम सभी पवित्र गंगा नदी से जन्म लोगे और जन्म के तत्काल बाद उसमें डूब जाओगे। उसके बाद तुम्हारे पाप धुल जाएँगे, किंतु प्रभाष, जिसने नंदिनी को चुराया था, उसे लंबे समय तक धरती पर रहना होगा।"

यही कारण है कि गंगा, जिसका विवाह अपने मानव रूप में शांतनु नाम के हस्तिनापुर के राजा से हुआ था, उसने अपनी पहली सात संतानों को गंगा में डुबोकर उन्हें उनके मनुष्य रूप और मानव जीवन से मुक्त किया था;

हालाँकि उनमें से आखिरी संतान थे भीष्म—महाभारत के सम्मानित योद्धा, जो लंबे समय तक धरती पर रहे थे।

हालाँकि शांतनु की कहानी प्राचीन युग की है। उन दिनों वन में एक मेढक रहता था। उस मेढक ने गंगा नदी के विषय में सुना और जाना कि किस प्रकार लोग उसके तीर्थ पर जाने और उसके जल में डुबकी लगाने की इच्छा रखते हैं। इसलिए उस मेढक ने भी नदी के पास जाने का निर्णय कर लिया।

दुर्भाग्य से, अपनी यात्रा के दौरान वह भगदड़ में फँस गया और एक व्यक्ति के पैरों तले दबकर उसकी मृत्यु हो गई।

अपने अगले जन्म में उस मेढक ने एक व्यक्ति का रूप लिया, जो देवराज इंद्र का सेवक था। इंद्र उसके काम से काफी प्रसन्न रहते थे और उन्होंने उस व्यक्ति को एक गाड़ी भरकर सोना दिया।

अब उसके पास यात्रा के लिए बहुत अधिक धन था, इसलिए उसने फिर से गंगा नदी की तीर्थयात्रा शुरू की; हालाँकि रास्ते में उसके दोनों बैलों की मृत्यु हो गई और उसे समझ नहीं आ रहा था कि वह आगे की यात्रा कैसे करे? उसने सूर्यदेव से आग्रह किया, "भगवान्, यदि आप अभी मेरी सहायता करेंगे तो मैं आपको इसका आधा सोना दे दूँगा।"

सूर्य ने उसकी सहायता की और वह व्यक्ति गंगा के तट तक पहुँच गया। वहाँ पहुँचने के बाद उसने जल में डुबकी लगाई और उसके पास जितना भी सोना था, उसे नदी में दान के क्रम में डाल दिया।

कुछ समय बाद जब सूर्य ने उससे अपना हिस्सा माँगा तो उस व्यक्ति ने अपनी असमर्थता जता दी। सूर्य को क्रोध आ गया और उन्होंने दंड-स्वरूप उस व्यक्ति को सियार बना दिया। सियार को सूझा नहीं कि वह कहाँ जाए? इस कारण वह गंगा के किनारे ही रहने लगा और प्रतिदिन उसके जल में डुबकी लगाने लगा।

समय बीतता गया और एक दिन गंगा एक सुंदर स्त्री के रूप में प्रकट

हुई। आकर्षित होकर सियार उसके पीछे-पीछे चल पड़ा। सियार से भयभीत होकर गंगा ने उसे पत्थर फेंककर मारा, जिसकी चोट से उसकी एक आँख की रोशनी चली गई। इसके बाद भी सियार ने उसका पीछा करना नहीं छोड़ा। वह दौड़ती हुई पास में ही एक ऋषि के पास पहुँची और उनके पीछे छिप गई और उन्हें बताया कि सियार उसके पीछे पड़ा है। क्रोधित ऋषि ने अपने शिष्यों को आदेश दिया और उन सभी ने मिलकर उसकी हत्या कर दी, उसे जलाया और उसकी अस्थियों को नदी में प्रवाहित कर दिया।

कुछ वर्षों बाद उन्हीं अस्थियों के साथ साल के पेड़ के बीज बहते हुए नदी के तट पर पहुँचे। अंत में, वहाँ एक विशाल वृक्ष खड़ा हो गया। अपनी यौगिक शक्तियों से उस ऋषि को यह ज्ञान हुआ कि उसी सियार की अस्थियों के कारण इस वृक्ष का जन्म हुआ और वे इस वृक्ष का एक अंग हैं। उन्होंने तुरंत अपने शिष्यों से पेड़ को काट डालने का आदेश दिया। इस प्रकार उन्होंने पेड़ को वहाँ तक काट दिया, जहाँ के बाद केवल उसका सूखा तना बच गया। फिर ऋषि ने अपने शिष्यों से कहा कि वे उसके तने को जला दें। जलाने पर उस अग्नि से एक सुंदर युवा राजकुमार प्रकट हुआ, जिसका नाम ऋषि ने 'शांतनु' रखा। ऋषि ने कहा, "युवक, वर्षों तक तुमने अपने अलग-अलग रूपों में गंगा को अपनी संगिनी बनाने के जतन किए। मैं हृदय से तुम्हें आशीष देता हूँ कि तुम उससे विवाह करोगे, भले उस दांपत्य की अवधि बहुत छोटी होगी।"

बहुत समय बाद शांतुन एक बार फिर गंगा से मिले, जो अब अपने मानव रूप में थी और उसकी सुंदरता पर मोहित हो गए। वह इस शर्त पर उनसे विवाह के लिए राजी हो गई कि वे उसके कार्यों पर कभी प्रश्न नहीं करेंगे। पूरी तरह गंगा के प्रेम में डूबे शांतनु ने इस शर्त को मान लिया। कुछ समय बाद उसने सात पुत्रों को जन्म दिया और जन्म लेते ही उन्हें पानी में डुबो दिया। आठवें पुत्र के जन्म लेते ही शांतनु ने इस डर से प्रश्न कर दिया कि कहीं गंगा उस बच्चे को भी न डुबो दे! इस प्रश्न के साथ ही वह शर्त टूट गई, जिस पर गंगा शांतनु से विवाह के लिए राजी हुई थी। वह उन्हें छोड़कर

चली गई; किंतु आठवें पुत्र को उनके पास ही रहने दिया। वह बालक कोई और नहीं, यशस्वी भीष्म था।

इस प्रकार वसिष्ठ की भविष्यवाणी सच हुई।

सामान्य रूप से गंगा को मंदिरों में एक मगरमच्छ पर खड़ी स्त्री की प्रतिमा के रूप में दिखाया जाता है, जिनके हाथों में पानी के दो कलश होते हैं। उनका त्रिदेवों से निकट संबंध है, क्योंकि वे ब्रह्मा के कमंडलु से जनमी थीं, विष्णु के चरण पखारे थे और शिव की जटा से निकली थीं। वह स्थान, जहाँ अन्य नदियाँ गंगा से मिलती हैं, उसे 'प्रयाग' कहा गया है। उदाहरण के लिए, आप उत्तराखंड में रुद्रप्रयाग, कर्णप्रयाग और देवप्रयाग देखेंगे। उत्तर प्रदेश के प्रयागराज में गंगा का संगम यमुना से होता है और संगम के इस स्थान को 'प्रयागराज' के नाम से जाना जाता है।

□

सुनियोजित प्रतिशोध

लंका के शक्तिशाली राजा रावण की बहन शूर्पणखा बहुत सुंदर थी।

वह जब बालिग हुई तो उसे विद्युज्जिह्व से प्रेम हो गया, जो असुरों के दूसरे कबीले का राजकुमार था। वह जानती थी कि उसका भाई रावण इस संबंध को स्वीकार नहीं करेगा और इसलिए उसने विद्युज्जिह्व से गुप्त रूप से विवाह कर लिया।

रावण को जब इस विवाह की सूचना मिली तो वह क्रोध से आगबबूला हो गया और अपनी बहन को दंड देने के लिए उतावला हो गया; हालाँकि उसकी पत्नी मंदोदरी ने उसे समझाया कि वह अपनी बहन के निर्णय का सम्मान करे। अंत में रावण ने विद्युज्जिह्व और शूर्पणखा को पति-पत्नी मान लिया। इस बात की भनक किसी को नहीं थी कि विद्युज्जिह्व ने शूर्पणखा से विवाह मात्र रावण के समीप आने और उसकी हत्या करने के लिए किया था।

एक दिन रावण अपनी बहन से मिलने उसके नए घर पर गया। शूर्पणखा वहाँ नहीं मिली तो उसे निराशा हुई। विद्युज्जिह्व ने इस अवसर का लाभ उठाते हुए रावण साले पर हमला कर दिया, किंतु रावण उस पर भारी पड़ा और बड़ी आसानी से उसका वध कर दिया।

कम उम्र में ही शूर्पणखा विधवा हो गई और इस घटना के कारण उसके और उसके भाई के बीच बहुत बड़ा संदेह पैदा हो गया। उसने रावण का पक्ष सुनने से इनकार कर दिया। उसे विश्वास हो चला था कि रावण ने कभी

उसके विवाह को स्वीकार नहीं किया और उसके पति की हत्या कर उसने उसे दंड दिया है।

शूर्पणखा लंका के जंगलों में अपने दिन बिताने लगी। समय बीत रहा था, किंतु अपने भाई से बदला लेने की आग उसमें और तेज होती जा रही थी। राजकुमारी आधी असुर थी और माया विद्या जानती थी। वह अपनी इच्छा से अपना रूप बदल सकती थी।

एक दिन जब शूर्पणखा पंचवटी (या आज के नासिक) में गोदावरी नदी के तट पर थी, तब उसने कुछ दूरी पर अयोध्या के निर्वासित राजकुमार राम को देखा और अपना हृदय हार बैठी।

वह जब राम के पास गई और उनके प्रति अपने प्रेम को व्यक्त किया तो राम ने उसी समय उसे ठुकरा दिया। किंतु वह जब अड़ी रही तो राम ने उसे अपने छोटे भाई लक्ष्मण के पास भेज दिया, जिन्होंने उसे भला-बुरा कहा और उसकी नाक काट दी।

घायल शूर्पणखा दोनों भाइयों से दूर चली गई, किंतु पास ही खड़ी राम की पत्नी सीता को देखा। उसने देखा कि सीता का रूप मन मोह लेनेवाला है और तभी असुर राजकुमारी के मन में विचार आया कि उसके पास एक अच्छा अवसर है। उसके अजेय भाई को आमने-सामने से नहीं, बल्कि षड्यंत्र से अवश्य पराजित किया जा सकता है। सुंदर स्त्रियों को लेकर रावण की कमजोरी को देखते हुए शूर्पणखा अपने भाई के पास गई और सीता की अद्‍भुत सुंदरता का वर्णन किया। उसने जैसी योजना बनाई थी, उसी के अनुसार रावण उसके जाल में फँस गया और अंत में उसने सीता का अपहरण कर लिया।

इस अपहरण से यह निश्चित हो गया कि राम न तो रावण को क्षमा करेंगे, न ही जीवित छोड़ेंगे। निश्चित ही वे रावण का वध करेंगे और उन्होंने कर भी दिया।

यह शूपर्णखा का सबसे सुनियोजित प्रतिशोध था।

□

मेढक, जो कभी प्रसन्न नहीं रह सका

बहुत समय पहले की बात है, ऋषियों का एक समूह था, जो हर सुबह अपने पूजा-पाठ के लिए निकलता और शाम को अपने आश्रम में लौट आता था। वे सादा और सरल जीवन व्यतीत कर रहे थे। फल खाते और पास के कुएँ से पानी पीते थे। उस कुएँ में एक मेढक रहता था, जो उनकी जीवन-शैली को देखते-देखते उनकी तरह ही धर्मात्मा बन गया था।

एक दिन उस मेढक ने देखा कि जब ऋषि पूजा के लिए गए हुए थे, तब एक विषैला साँप कुएँ में प्रवेश कर रहा था। मेढक जानता था कि यदि ऋषियों ने उस पानी को पिया तो उनकी मृत्यु हो जाएगी। इसलिए वह ऋषियों के आने तक कुएँ के पास धैर्य से प्रतीक्षा करने लगा। वे जब निकट आए तो मेढक उन्हें विषैले पानी के बारे में सचेत करने के लिए कुएँ में कूद गया। ऋषियों ने मेढक को इस प्रकार अचानक कूदते देखा तो कुएँ में झाँकने लगे। वे यह देखकर अचंभित रह गए कि मेढक की मृत्यु हो चुकी थी। ऋषियों ने जब मेढक को कुएँ से बाहर निकाला तो देखा कि मेढक का शरीर नीला मटमैला पड़ गया था। तब ऋषियों को यह समझ आया कि पानी विषैला हो चुका था और अपनी यौगिक शक्तियों से उन्हें पता चला कि मेढक ने उन सभी के जीवन की रक्षा के लिए अपने प्राण दे दिए थे।

उन सभी ने मेढक के बलिदान को समझा और उसे आशीर्वाद दिया, "तुम्हारे जैसे एक सामान्य से जीव ने हमें निश्चित मृत्यु से बचा लिया। हे

प्रिय मेढक! हम तुम्हारे भीतर प्राण फूँक रहे हैं, जिससे कि तुम हमसे वरदान माँग सको।"

जब मेढक जीवित हुआ तो उसने मनुष्य की आवाज में कहा, "मैं पार्वती के समान सुंदर बनना चाहता हूँ और किसी ऐसे व्यक्ति से विवाह करना चाहता हूँ, जो प्रकांड विद्वान् हो और सम्राट् हो।"

ऋषि मुसकराए और बोले, "तुम एक अति सुंदर और धर्मपरायण स्त्री के रूप में जन्म लोगे, जिसका नाम उसके गुणों और अपने पति के प्रति समर्पण के लिए लिया जाएगा। तुम बड़े होकर एक महान् और विद्वान् राजा से विवाह करोगे।"

इस प्रकार, उस मेढक ने अगले जन्म में मंदोदरी के रूप में जन्म लिया, जो असुरों के वास्तुकार मयासुर और देवलोक की नर्तकी हेमा की पुत्री थी। मयासुर अपनी बेटी के पिछले जन्म के बारे में जानते थे, इस कारण ही उन्होंने उसका नाम 'मंदोदरी' रखा था, जो मंडूक से बना है, जिसका अर्थ संस्कृत में 'मेढक' होता है।

जैसे-जैसे समय बीता, मंदोदरी एक अति सुंदर और धर्मनिष्ठ स्त्री बनती चली गई। आगे चलकर उसने रावण से विवाह किया, जो अपने समय का सबसे महान् योद्धा और बहुत बड़ा विद्वान् था।

हालाँकि मंदोदरी ऋषियों से प्रसन्नता माँगना भूल गई थी, जिसके कारण अपने जीवन में उसे कभी सच्ची प्रसन्नता का अनुभव नहीं हुआ। अपने पति रावण से उसे बहुत अधिक दुःख मिला, जिसने पराई स्त्री सीता का हरण कर लिया। मंदोदरी बार-बार अपने पति से कहा करती थी कि वह सीता को छोड़ दे, किंतु वह उसकी एक नहीं सुनता था। इस हरण का परिणाम एक बहुत बड़े युद्ध के रूप में हुआ, जिसमें रावण पराजित हुआ। उस अति हिंसक युद्ध में उसने अपना शूरवीर पुत्र मेघनाद भी गँवा दिया।

भारतीय पौराणिक कथाओं में मंदोदरी को पाँच महान् स्त्रियों या पंचकन्याओं—अहिल्या, तारा, मंदोदरी, द्रौपदी और सीता में से एक के रूप में याद करते हैं।

□

श्वेत सरोवर की देवी

पहले तीर्थंकर के सौ पुत्रों में से एक भरत अयोध्या के राजा थे, जबकि सबसे छोटे पुत्र बाहुबली को पोदनपुर का राज्य मिला।

एक दिन जब भरत शस्त्रागार में थे, तब उन्होंने एक गोल चक्र को घूमते देखा, जो किसी विशेष दिशा में जाता दिख रहा था। उन्होंने जब इस बारे में राज्य के ज्योतिषियों से पूछा तो उनका कहना था, "यह इस बात का संकेत है कि आप पूरी धरती पर राज करेंगे और एक सम्राट् बन जाएँगे।"

कुछ समय बाद ऐसा लगने लगा कि वह भविष्यवाणी सच हो रही है, क्योंकि भरत ने अनेक युद्ध लड़े और उस चक्र की सहायता से अपने साम्राज्य का विस्तार किया, जो उनकी यात्रा में राह दिखाता चल रहा था।

एक दिन भरत ऐसे ही एक युद्ध के बाद अयोध्या लौट रहे थे। उन्हें लग रहा था कि उनके सम्राट् बनने में अब देरी नहीं है कि अचानक चक्र ने घूमना बंद कर दिया।

भरत जानते थे कि इसमें कोई महत्त्वपूर्ण संदेश छिपा है और उन्होंने अनेक विद्वानों व ज्योतिषियों से इस संबंध में जानकारी मँगवाई। अंत में उन्हें बताया गया, "चक्र इस कारण रुक गया, क्योंकि आपके निन्यानबे भाइयों का आपके आगे समर्पण करना आवश्यक है। उसके बाद ही आप सम्राट् बनने की दिशा में आगे बढ़ सकते हैं।"

इसलिए भरत ने अपने सभी भाइयों को एक राजकीय पत्र भेजा, जिसमें उन्हें बताया गया कि या तो वे उसके आगे समर्पण कर दें या उससे युद्ध करें।

युद्ध से तय हो जाएगा कि विजेता कौन है! जब यह संदेश उन्हें मिला तो उनके अट्ठानबे भाइयों को बहुत बुरा लगा। उन्हें लगा, अपने अहंकार और भूमि के लिए भरत अपने ही भाइयों को युद्ध के लिए ललकार रहा है! अपने सीमित संसाधनों को देखते हुए अट्ठानबे भाइयों ने उसे अपने हिस्से का राज्य देने और अपना राज्य छोड़कर चले जाने का निर्णय लिया।

हालाँकि बाहुबली ने समर्पण करने और अपना राज्य सौंपने से इनकार कर दिया। चूँकि वह एक लंबे-चौड़े और शक्तिशाली योद्धा थे, इसलिए उन्होंने भरत को एक संदेश भेजा, "आओ, भाई! हम युद्ध करें—मात्र मैं और तुम। मैं नहीं चाहता कि हमारी निर्दोष प्रजा को इसकी सजा मिले, इसलिए इसे हम दोनों अपने तक ही रखते हैं।"

भरत सहमत हो गए और दोनों युद्धभूमि में मिले।

दोनों भाइयों के बीच तीन प्रकार का मुकाबला हुआ—मल्ल युद्ध (कुश्ती), जल युद्ध (पानी में लड़ाई) और दृष्टि युद्ध (एक-दूसरे की आँख से आँख मिलाना)। कौशल में भरत बाहुबली के बराबर थे, किंतु बाहुबली ने अपने ऊँचे कद की मदद से भरत को जल युद्ध और दृष्टि युद्ध में पराजित कर दिया।

जीत के बाद बाहुबली जानते थे कि उसके सिर पर सम्राट् का ताज सजेगा, वह अनेकानेक राज्यों के अधिपति बन जाएँगे; किंतु सत्ता के लिए यह खुशी जितनी जल्दी आई थी, उतनी ही जल्दी चली भी गई। 'मुझे यह साम्राज्य नहीं चाहिए।' उनके मन में विचार आया। 'देखो हमें, भूमि और सत्ता के प्रेम में हम एक-दूसरे के शत्रु बन गए!'

इस गहरी अनुभूति के कारण बाहुबली ने जो कुछ जीता था, उसे भरत को वापस लौटा दिया और परम सुख की खोज में ध्यान लगाने और तप करने के लिए चले गए।

वह एक दिगंबर जैन साधु बन गए और अपने वस्त्र, धन एवं आभूषणों का त्याग कर दिया। वह एक ही स्थान पर निर्वस्त्र बरसों तक खड़े रहे, जहाँ उनके आसपास चींटियों ने पहाड़ बना दिया। यहाँ तक कि धूल, पानी, धूप

और हवा ने भी उन्हें विचलित नहीं किया। अपनी एकाग्रता और समर्पण के बाद भी उन्हें खुशी नहीं मिली। वे इस बात से परेशान थे कि वे भरत की भूमि पर खड़े थे।

एक साल बीत गया। अंत में भरत को शर्मिंदगी महसूस हुई और वे अपने भाई से मिलने आए। दोनों भाई जब फिर से एक हुए तो बाहुबली सभी प्रकार की मोह-माया से मुक्त हो गए और उन्हें परम ज्ञान तथा मोक्ष की प्राप्ति हुई। भरत ने अपने भाई की एक सुंदर प्रतिमा बनवाई।

> इतिहास का इस विषय पर कुछ और ही कहना है। अट्ठावन फीट ऊँची ग्रेनाइट की एक ही चट्टान की बनी बाहुबली (या गोमतेश्वर) की मूर्ति कर्नाटक के हासन जिले में श्रवणबेलगोला की विंध्यगिरि पहाड़ी पर स्थित है। इसका निर्माण गंग वंश के महान् जैन प्रधानमंत्री चामुंडराय ने कराया था और यह सांसारिक जीवन से संन्यास का प्रतीक है। यह कुछ दुर्लभ प्रतिमाओं में से एक है, जो बाहुबली के शांत हाव-भाव को दरशाती है। इसके अलावा, कर्नाटक में ही वेल्लूर, कार्कल, गोम्मटगिरि और धर्मस्थल जैसे स्थानों पर उनकी अनेक प्रतिमाएँ हैं; किंतु सौंदर्य में श्रवणबेलगोला की प्रतिमा का कोई सानी नहीं है। इस सुंदरता के कारण ही चामुंडराय अपने आप को धरती का सबसे महान् व्यक्ति मानने लगे। उनका दृष्टिकोण और उनका अहंकार भविष्य के उनके सभी कार्यों पर हावी रहा।

एक दिन उस मूर्ति को दूध व पानी से धोया गया और चामुंडराय ने प्रतिमा के अभिषेक के लिए कई ड्रम दूध मँगवाया। वे यह देखकर आश्चर्यचकित रह गए कि ड्रम-का-ड्रम दूध मूर्ति पर उड़ेला जा रहा था, फिर भी दूध बाहुबली की कमर से नीचे नहीं बह रहा था। आखिर ऐसा क्या हो गया था? पुजारियों ने भरपूर कोशिश की, लेकिन कोई फायदा नहीं हुआ और अभिषेक का अनुष्ठान अधूरा रह गया।

तभी चामुंडराय ने देखा कि एक बूढ़ी महिला दूध के छोटे से पात्र को लेकर चली आ रही थी।

वृद्ध ने विनम्रता से पूछा, "श्रीमान, क्या मैं इस दूध से बाहुबली का अभिषेक कर सकती हूँ?"

"अरे अज्जी, हम कई लीटर दूध डालकर भी इस मूर्ति को स्नान नहीं करा पा रहे हैं। फिर भी, तुम्हें लगता है कि इस थोड़े से दूध से तुम अनुष्ठान को पूरा कर पाओगी तो जाओ और करके देख लो।"

धीरे-धीरे बुढ़िया अस्थायी रूप से बनाई गई सीढ़ियों से ऊपर चढ़ने लगी और जब वह मूर्ति के मस्तक के समीप पहुँची तो उस दूध को उसके ऊपर डाल दिया। सभी यह देखकर आश्चर्यचकित रह गए कि उस दूध से बाहुबली का पूरा शरीर स्नान कर चुका था। वास्तव में, इतना दूध बच गया था कि वह नीचे तक चला आया और धरती पर सफेद तालाब बन गया।

चामुंडराय समझ चुके थे कि वह कोई साधारण महिला नहीं, बल्कि कोई दिव्यात्मा थीं। उन्होंने जब उससे क्षमा-याचना की, तब वह देवी यक्षी के रूप में प्रकट हुईं और कोमल स्वर में कहा, "प्रिय पुत्र, घमंड मत करो। प्रत्येक व्यक्ति जिसे सत्य समझता है, उस पर विश्वास करता है। उस विश्वास से तुम क्या प्राप्त कर सकते हो, यह बहुत अधिक महत्त्व रखता है, बजाय इसके कि तुम धन से क्या कर सकते हो? मैं तुम्हें यही दिखाना चाहती थी। यही कारण है कि मैंने तुम्हारे साथ यह छोटा सा छल किया था।"

यदि आप श्रवणबेलगोला जाएँगे तो आज भी पहाड़ी के नीचे उस तालाब को देख सकते हैं। यह कभी दूध से भरा रहता था और यही कारण है कि इसे कन्नड़ में 'बिलिया कोला' यानी 'श्वेत सरोवर' कहा जाता है। इसके साथ ही आपको अज्जी की प्रतिमा भी दिखेगी, जिसके हाथ में दूध का छोटा सा पात्र है।

□

यौवन का रहस्य

एक समय की बात है, जब शर्याति नाम के एक राजा हुआ करते थे। एक दिन राजा पास के जंगल में शिकार के लिए गए। उनकी बेटी सुकन्या और उसकी सहेलियाँ भी उनके साथ थीं और उन सभी ने जंगल में शिविर लगाया। राजा अपने कुछ सैनिकों के साथ शिकार पर निकल गए। इस बीच युवतियों ने घूमने जाने की योजना बना ली।

सुकन्या की नजर चींटियों के एक बड़े सफेद पहाड़ पर पड़ी, जिसमें दो चमकीले छिद्र थे। ऐसा अनोखा चींटियों का पहाड़ देखकर वह आश्चर्य में पड़ गई और उसने जमीन पर पड़ी एक छड़ी उठाकर दोनों छिद्रों में घोंप दी। तुरंत ही खोखली जगह से खून बाहर आने लगा। भयभीत होकर सुकन्या पलटी और अपनी सहेलियों के साथ वापस शिविर में लौट गई।

चींटियों के उस पहाड़ के अंदर च्यवन नाम के ऋषि रहते थे। वह दशकों से समाधि लगाए हुए थे और सफेद चींटियों ने उनके शरीर के चारों ओर अपना घर बना लिया था। चींटियों के घर में दो छिद्र थे, जिनकी सीध में च्यवन ऋषि की दोनों आँखें थीं। राजकुमारी सुकन्या ने अनजाने में ऋषि की आँखों को खोद दिया था, जिससे तत्काल उनकी आँखों की रोशनी चली गई थी।

च्यवन भयंकर रूप से क्रोधित हुए। अपनी शक्तियों का प्रयोग करते हुए उन्होंने यह सुनिश्चित किया कि उनके कष्ट के लिए दोषी राजा की पूरी सेना मल-मूत्र त्यागने में असमर्थ हो जाए। इस शाप का तुरंत ही असर हुआ और

शर्याति के सैनिक व अधिकारी बीमार होने लगे; क्योंकि वे अपने शरीर में एकत्र विषाक्त पदार्थ बाहर नहीं निकाल पा रहे थे।

जल्दी ही राजा को अपनी बेटी की गलती का पता चल गया। वे च्यवन ऋषि के पास गए और उनसे दया की याचना की, "हे ऋषिवर! मेरी बेटी से अज्ञानता में हुए पाप के लिए उसे क्षमा कर दीजिए। उसकी गलती का दंड मेरे सैनिकों को मत दीजिए। कृपया मुझे बताइए कि मैं क्या करूँ, जिससे आप प्रसन्न हों?"

"मैं एक बूढ़ा व्यक्ति हूँ और तुम्हारी बेटी के अविवेकी कार्य से अंधा भी हो गया हूँ।" ऋषि ने कहा, "यदि तुम इस कारण यहाँ आए हो कि मैं अपने शाप को वापस ले लूँ, तो फिर तुम्हारी बेटी को मुझसे विवाह करना होगा और मेरी देखभाल करनी होगी।"

राजा अपनी सुंदर कन्या का विवाह बूढ़े ऋषि से करने में हिचकिचा रहे थे; किंतु सुकन्या ने कहा, "पिताजी, मेरे कारण हमारी सेना को कष्ट नहीं होना चाहिए। मैं ऋषि से विवाह करने और उनकी सेवा करने के लिए तैयार हूँ।"

च्यवन अत्यधिक प्रसन्न हुए। विवाह संपन्न हुआ और शाप भी हट गया।

बरसों बीत गए। सुकन्या अपने पति की सेवा निष्ठापूर्वक करती रही।

एक दिन दो दिव्य चिकित्सक भाई अश्विनीकुमार च्यवन के आश्रम से गुजर रहे थे, जब उन्होंने अति सुंदर सुकन्या को देखा। वे उसके पास गए और कहा, "हे सुंदर स्त्री! तुम इस बूढ़े ऋषि के साथ क्यों रह रही हो? हममें से किसी एक से विवाह कर लो तो तुम्हारा जीवन अच्छा हो जाएगा।"

"श्रीमानो, मुझे क्षमा कीजिए। मैं अपने पति को नहीं छोड़ सकती हूँ।" सुकन्या ने कहा।

"अच्छा तो फिर हम यदि च्यवन को यौवन का उपहार दे दें तो? उसके बाद तुम्हें च्यवन या हममें से किसी एक का चुनाव निष्पक्ष और सच्चे मन से करना होगा।" उसके मन में लोभ पैदा करते हुए उनमें से एक ने कहा।

शुरुआत में सुकन्या ने इस प्रस्ताव को ठुकरा दिया और अपने पति से सबकुछ बताने चली गई। च्यवन ने उससे कहा कि वह अश्विनीकुमारों को बुला लाए। जब वे दोनों आए तो ऋषि ने उनसे कहा, "मैं आपका प्रस्ताव स्वीकार करता हूँ। मुझे यौवन दे दीजिए।"

अश्विनीकुमारों ने तीन प्रकार से ऋषि का उपचार किया—पहले ऋषि ने विशेष जड़ी-बूटियोंवाले एक सरोवर में स्नान किया, फिर 'कायाकल्प' नाम का एक औषधीय लेप उनके शरीर पर लगाया गया और अंत में उन्हें जड़ी-बूटियों से बना मिश्रण खाने को कहा गया।

आखिर में जुड़वाँ भाइयों और च्यवन ऋषि ने सरोवर में स्नान किया और न केवल युवा बनकर, बल्कि हू-ब-हू एक ही रूप लेकर बाहर निकले।

सुकन्या ने प्रार्थना की और अपने पति को सही-सही पहचान लिया। च्यवन ऋषि अति प्रसन्न हुए और उन्होंने जुड़वाँ चिकित्सकों को वचन दिया कि वे जब भी यज्ञ करेंगे तो उसका एक हिस्सा उन्हें चढ़ावे के रूप में मिलेगा।

ऋषि च्यवन ने जड़ी-बूटी के जिस मिश्रण को ग्रहण किया था, उसने उन्हें एक युवक में बदल दिया और उससे ही 'च्यवनप्राश' शब्द बना, जो जड़ी-बूटियों, मसालों, जैम और तेलों का मिश्रण होता है, जिसे आज भी कई लोग खाते हैं।

□

राजकुमारी और कुरूप बौना

पांडव जब बारह वर्षों के वनवास और एक वर्ष के अज्ञातवास में थे, तब उनके आध्यात्मिक गुरु ऋषि धौम्य कभी-कभी उनका मन बहलाने और अपनी कहानियाँ सुनाकर उन्हें परामर्श देने के लिए आते रहते थे।

युधिष्ठिर को बार-बार इसका पछतावा होता था कि उन्होंने चौसर के खेल में द्रौपदी को दाँव पर लगा दिया और उसके साथ-साथ अपना सिंहासन भी गँवा बैठे। अंत में, जब यह बात उन्होंने ऋषि को बताई तो धौम्य ने कहा, "जीवन-चक्र में अच्छा और बुरा समय आता रहता है। प्रतिकूल समय में लोग ऐसा काम कर देते हैं, जो कभी-कभी उनके स्वभाव के विपरीत होता है, यहाँ तक कि किसी उपदेश या अच्छी सलाह से भी सहायता नहीं मिलती है। इतिहास ऐसे राजाओं की कहानियों से भरा है, जिन्होंने ऐसे अनुचित कार्य किए हैं और अपने परिवार के कष्ट का कारण बने हैं। हर बार लोग बुरे समय से किसी प्रकार बाहर निकल ही गए। इसलिए किसी के भी जीवन में अच्छा या बुरा समय स्थायी तौर पर नहीं रहता।"

युधिष्ठिर की जिज्ञासा बढ़ गई। उन्होंने पूछा, "पर क्या कभी मेरे जैसा मूर्ख राजा भी हुआ है, जिसने चौसर का खेल खेला, अपनी पत्नी को दाँव पर लगाया और अपना राज्य हार गया हो? मेरे कारण मेरे परिवार और मेरी प्रजा को कितना कष्ट हुआ है!"

"हाँ, ऐसे एक राजा थे।" ऋषि ने बताया, "उनका नाम नल था। मैं तुम्हें उनकी कहानी सुनाता हूँ।

"एक समय की बात है, जब विदर्भ राज्य की दमयंती नाम की एक रूपवती राजकुमारी थी। उसकी सुंदरता की चर्चा इतनी थी कि देवता भी उसकी प्रशंसा किए बिना नहीं रहते थे।

"निषाद राज्य के राजा के दो पुत्र थे—नल और पुष्कर। नल सुंदर, आकर्षक और सबको प्रिय था। एक दिन नल शिकार पर गए और एक झील के पास विश्राम करने लगे। वहाँ उन्होंने कई सफेद हंसों को देखा, जिनके बीच एक सुंदर सुनहरा हंस भी था। नल उस आकर्षक जीव को देखकर अपने मन को वश में नहीं रख सके। वह दबे पाँव सुनहरे हंस के पीछे गए और उसे पीछे से दबोच लिया। आसपास के पक्षी तुरंत उड़ गए, जबकि वह सुनहरा पक्षी नल की पकड़ से बच नहीं सका।

"आश्चर्यजनक रूप से वह हंस उनसे मनुष्यों की भाषा में बात करने लगा। 'हे महान् नल! कृपया मुझे जाने दो। मुझे स्वच्छंदता चाहिए, जैसे इस धरती का हर जीव चाहता है। तुम एक महान् राजा, सेनापति और शासक हो। मैं जानता हूँ, तुम मेरी बात मान लोगे।'

"नल को हंस की बातें सच्ची लगीं। उसने अपनी पकड़ ढीली की और पक्षी को जाने दिया। मुझे प्रसन्नता है, तुमने मेरी बात मान ली।' हंस ने कहा, 'तुमने एक पक्षी की बात सुनी और एक दयावान शासक के रूप में अपना कर्तव्य निभाया। जब किसी को सहायता मिलती है तो उसे आभारी होना चाहिए। इसलिए बदले में मैं तुम्हें कुछ देना चाहता हूँ। मैं कामना करूँगा कि तुम्हें इस संसार की सबसे सुंदर कन्या मिले। राजकुमारी दमयंती, जो राजा भीम की बेटी है और जिसकी सुंदरता का बखान सभी करते हैं। देवता उससे विवाह करना चाहते हैं और अप्सराएँ भी उससे ईर्ष्या करती हैं। उसकी सुंदरता का सच में कोई जोड़ नहीं, यहाँ तक कि स्वर्ग में भी नहीं। मैं तुम्हें वचन देता हूँ कि मैं उसका परिचय तुमसे करवाऊँगा।' यह कहकर पक्षी उड़ गया।

"विचारों में खोए नल चुपचाप खड़े रहे और आनेवाली अप्रत्याशित घटनाओं पर मंथन करने लगे। निश्चित रूप से उन्होंने दमयंती के विषय में

सुना था और हंस के दिए वचन के विषय में सोचकर प्रसन्न थे।

"हंस उड़ता हुआ विदर्भ पहुँच गया। वह राजकीय उद्यान में गया और एक झाड़ी के पीछे छिप गया। अन्य सफेद हंस भी उसके साथ आ गए और बगीचे में प्रसन्नता से विचरण करने लगे। राजकुमारी दमयंती सफेद हंसों की ओर आकर्षित हुई; किंतु जैसे ही उनके पास गई, वे सभी उड़ गए।

"कुछ समय बाद दमयंती ने सुनहरे पंखोंवाला एक हंस देखा। वह मोहित हुई और उसे पकड़ने की इच्छा से उसके पास गई। वह जब पक्षी के निकट पहुँची तो वह दूर चला गया और उसे उसकी सहेलियों एवं अंगरक्षकों से दूर ले गया, जहाँ उन्हें कोई देख न सके। फिर अपने आप को राजकुमारी के हाथों में जाने दिया।

"हंस ने कहा, 'हे सर्वाधिक सुंदर दमयंती! कृपया मुझे जाने दो। मैं नल का दूत हूँ, जिसके जैसा सुंदर राजकुमार मैंने आज तक नहीं देखा। उनके शौर्य और उनकी करुणा को देखते हुए तुमसे अधिक योग्य कोई भी राजकुमारी नहीं है। मैंने लाखों दंपतियों को देखा है, किंतु अधिकांश बेमेल होते हैं। नल और तुम सही अर्थों में एक-दूसरे के लिए बने हो। यदि तुम मुझे मुक्त कर दोगी तो मैं तुम्हारा संदेश वापस नल तक ले जाऊँगा।'

'कुछ दिन बीत गए और दमयंती के मन में दिन-रात नल का ही विचार घूमता रहता था। उसे न तो ढंग से नींद आ रही थी, न ही भूख लग रही थी। वह ऐसी युवती थी, जो पूरी तरह से प्रेम के वश में आ चुकी थी। जब उसके पिता भीम को इन सारी बातों की जानकारी मिली तो उन्होंने जल्दी ही एक बड़े स्वयंवर का आयोजन किया और सभी सहयोगी राज्यों के राजकुमारों को आमंत्रण भेज दिया।

"आमंत्रण पाकर नल प्रसन्न हुए। उन्होंने सबसे अच्छे वस्त्र पहने, रथ पर सवार हुए और विदर्भ की दिशा में यात्रा शुरू कर दी। वह कुशल रथचालक थे, जिसमें तेज गति से सवारी करने की क्षमता थी। रास्ते में उन्हें चार चमकीले रथ और चार सुंदर देवता आकाश से धरती पर उतरते दिखाई

पड़े। देवताओं ने नल का रास्ता रोका और उनमें से एक ने कहा, 'मैं इंद्र हूँ, देवताओं का राजा। ये मेरे मित्र हैं— अग्नि, वायु, वरुण। वैसे तो स्वर्ग में अति सुंदर स्त्रियाँ हैं, किंतु हमने दमयंती की दिव्य सुंदरता के विषय में सुना है और हमसे रहा नहीं गया। इसलिए हमने सोचा कि कम-से-कम हममें से किसी एक को उससे विवाह करना चाहिए।'

"नल स्तब्ध रह गए। 'हम तुमसे आग्रह करते हैं कि तुम दमयंती के पास हमारे प्रेम का दूत बनकर जाओ। उसे हमारे महान् गुणों के विषय में बताओ। उसे सहमत करो कि वह हममें से किसी एक से विवाह कर ले। उसे बताओ कि किसी देवता से विवाह करना किसी मनुष्य का सौभाग्य होता है।'

"नल का किसी हृदय बैठ गया और वह उदास हो गया। किसी प्रकार साहस जुटाते हुए उसने कहा, 'मैं आपकी सहायता करूँगा और उससे सत्य बोलने का वचन देता हूँ; किंतु मेरे देवो! दमयंती सदैव अपने संबंधियों और सहेलियों से घिरी रहती है तो फिर मैं उससे अकेले में मिलकर आपकी इच्छा और आपके प्रेम की बात कैसे कर सकूँगा?'

"देवता विनोद से मुसकराने लगे। 'तुम चिंता न करो, नल,' उन्होंने कहा, 'हम तुम्हें अदृश्य होने की शक्ति देंगे, जिससे कि तुम अपने अभियान को पूरा कर सको।'

"इस नए वरदान को पाकर नल अदृश्य होकर महल में दमयंती के कक्ष में प्रवेश कर गया और सही समय की प्रतीक्षा करने लगा। अंत में, जब वह अकेली दिखी, तब नल अपने असली रूप में प्रकट हुए।

"दमयंती चकित रह गई और पूछा, 'तुम कौन हो?' उसने नल के सुंदर रूप को देखा और आगे कहा, 'तुम मनुष्य हो या देवता? तुमने मेरे कक्ष में मेरी अनुमति के बिना प्रवेश का दुस्साहस कैसे किया?'

"'मैं नल हूँ, निषध राज्य का राजकुमार। मैं तुम्हारे पास वायु, वरुण, अग्नि और इंद्र देव का दूत बनकर आया हूँ। वे तुम्हारी सुंदरता पर मोहित

हैं और चाहते हैं कि कल स्वयंवर में तुम उनमें से किसी एक को चुन लो।'

"दमयंती मुसकराने लगी। 'नल, तुम्हें देखकर मुझे प्रसन्नता हुई। तुम मेरे मन में तभी से बसे हो, जब से एक स्वर्ण हंस ने मुझे तुम्हारे विषय में बताया। तुम मेरे सपनों के राजकुमार हो और मैंने अपना हृदय तुम्हें दे दिया है, फिर मैं उनमें से किसी एक देवता से विवाह कैसे कर सकती हूँ? इसके अतिरिक्त, मैं मनुष्य हूँ और देवता मनुष्य नहीं हैं।'

"'हे दमयंती! तुम इतनी सुंदर हो कि मैंने कभी सोचा भी नहीं था; किंतु मेरे पास शक्तिशाली देवताओं की इच्छा के विरुद्ध जाने की क्षमता नहीं है। मैंने उन्हें वचन दिया है।'

"'नल, यह एक स्वयंवर है और यह निर्णय मैं लूँगी कि मुझे किससे विवाह करना है?' दमयंती ने दृढ़ता से कहा, 'कृपया आप इसमें हस्तक्षेप न करें।'

"नल ने अदृश्य होने की अपनी शक्ति का प्रयोग किया और महल से निकल गयाए वह देवताओं से मिला और उन्हें दमयंती का संदेश दिया, जिसके बाद वे निराश हो गए और सोच में पड़ गए कि आगे क्या करें?

"अगले दिन सभी राजकुमार स्वयंवर में आए। चारों देवताओं ने अपना रूप बदला और सभी नल की तरफ दिखने लगे। वे नल के ही पास बैठ गए।

"कुछ ही देर में दमयंती हाथों में वरमाला लिये पहुँच गई। उसने दर्शक दीर्घा में बैठे राजकुमारों को देखा और यह देखकर आश्चर्य में पड़ गई कि वहाँ एक साथ पाँच-पाँच नल बैठे थे। वह समझ गई कि देवताओं ने उसके साथ छल किया है। उसने उनसे प्रार्थना की, 'हे प्रिय देवो! आज मुझे अपना पति चुनने का अधिकार है। आप सब महान् आत्माएँ हैं; किंतु नल के लिए मेरा प्रेम यदि सच्चा है तो आप मुझ पर दया दिखाएँगे और आपको आपके वास्तविक रूप में देखने की शक्ति प्रदान करेंगे। यदि मैं नल की नहीं हुई तो किसी के साथ भी प्रसन्न नहीं रह सकूँगी और आप में से किसी को भी कभी सच्चे मन से प्रेम नहीं कर पाऊँगी।'

"उसकी करुण याचना ने देवताओं के मन को छू लिया। तत्काल दमयंती को नल और उन चारों देवताओं के बीच अंतर दिखने लगा। भले ही बाहर से वे सभी अब भी नल के समान ही दिख रहे थे, किंतु उसने देखा कि चारों अपनी पलकें नहीं झपका रहे थे, जबकि नल मनुष्यों के समान पलकें झपका रहे थे।

"मुसकराते हुए वह आगे बढ़ी और नल के गले में वरमाला पहना दी। चारों देवताओं ने दोनों को आशीर्वाद दिया और नल को वरदान दिया। इंद्र ने कहा, 'मैं वचन देता हूँ कि तुम्हारे सभी पूजनों और यज्ञों में मैं उपस्थित रहूँगा।' अग्निदेव ने वचन दिया, 'तुम जब भी मुझे याद करोगे, मैं प्रकट हो जाऊँगा।'

"वरुणदेव और वायुदेव ने भी इसी प्रकार के वरदान दिए और फिर सभी देवता स्वर्गलोक को चले गए।

"यात्रा करते हुए चारों देवताओं की भेंट अच्छे कपड़ों में सजे-धजे काली से हुई, जो दुर्दशा और दुराचार का देवता है। देवताओं ने उससे पूछा, 'तुम कहाँ जा रहे हो?'

"'मैं दमयंती के स्वयंवर में जा रहा हूँ।'

"'तुम वापस लौट जाओ, क्योंकि दमयंती ने राजकुमार नल को चुन लिया है।' देवताओं ने कहा।

"काली को घोर निराशा हुई और वह ठगा-सा महसूस करने लगा। जब वह वापस लौटा तो प्रण किया कि वह कभी-न-कभी नल और दमयंती को अच्छा सबक अवश्य सिखाएगा।

"दमयंती ने पूरे धूमधाम के साथ नल से विवाह कर लिया। पूरा संसार इस अद्‍भुत जोड़े को देख प्रसन्न था। दमयंती अपने पति के साथ निषध राज्य चली गई। दोनों के दो पुत्र हुए।

"नल एक निष्पक्ष और न्यायप्रिय राजा थे। उन्होंने अपनी प्रजा का बहुत ध्यान रखा तथा स्वच्छता और स्वास्थ्य के कड़े नियम बनाए। प्रजा प्रसन्न थी और काली लंबे समय तक उस राज्य में प्रवेश नहीं कर सका;

क्योंकि वह तभी प्रवेश कर सकता था, जब वहाँ गंदगी, व्यसन और अन्याय होता।

"एक दिन संध्या के पूजन से पहले नल अपने पैर धोना भूल गए। काली को अवसर मिल गया और वह नल के शरीर में प्रवेश कर गया।

"उस दिन से काली ने नल के मस्तिष्क के साथ खेल खेलना शुरू कर दिया, जिसके कारण राजा का मानसिक व शारीरिक स्वास्थ्य बिगड़ने लगा।

"नल के भाई पुष्कर ने उन्हें चौसर के खेल का आमंत्रण दिया। नल अधिकांशतया ऐसे आमंत्रण अस्वीकार कर देते थे, किंतु इस बार मन पर काली का प्रभाव होने के कारण उन्होंने इसे स्वीकार कर लिया।

"दमयंती अपने पति के निर्णय से प्रसन्न नहीं थी। वह नल से बार-बार निर्णय बदलने के लिए कहती रही; किंतु वह हर बार इनकार कर देते।

"जब समय आया तो खेल शुरू हो गया।

"सबसे पहले नल ने अपनी सेना को दाँव पर लगाया। जब वह हार गए तो अपना सारा धन जुए में लगा दिया और उसे भी हार गए। तीसरे दौर में अपना राज्य गँवा बैठे। काली ने देखा कि उसका काम हो गया है तो वह नल के मन और शरीर को छोड़कर चला गया। पुष्कर ने जब देखा कि नल के पास खोने को अब और कुछ नहीं है तो उसने अपने भाई से निर्लज्जता के साथ कहा, 'यह राज्य अब मेरा हुआ। यहाँ से चले जाओ। अब तुम कभी अपना मुँह मत दिखाना।'

"दमयंती ने तब बुद्धिमानी से अपने दोनों पुत्रों को अपने माता-पिता के घर भिजवा दिया।

"हताश नल जानते थे कि उन्हें वही करना होगा, जो कहा गया है। राजा से रंक बने नल पर उनकी प्रजा को भारी दुःख हुआ; किंतु प्रजा जानती थी कि अपने नए राजा पुष्कर से लड़ना उसके वश की बात नहीं थी।

"नल ने दमयंती से कहा कि वह भी अपने पिता के घर चली जाए, जिससे कि वहाँ आराम से रह सके; किंतु उसने मना कर दिया। वह उनके साथ ही रहने पर अड़ी थी। इसलिए दंपती ने राज्य छोड़ा और पास के

वन में चला गया। नल जानते थे कि उन्होंने गलती की है। दमयंती एक राजकुमारी एवं एक रानी थी और यहाँ वह उसके साथ भोजन के बिना जंगल में भटक रही थी। कुछ दिनों तक पति-पत्नी ने केवल पानी पीकर गुजारा किया।

"एक दिन नल ने कुछ पक्षियों को धरती पर फुदकते देखा। उनके मन में उन्हें पकड़ने और बेचने का विचार आया। इस प्रकार वह कुछ पैसे कमाकर अपनी पत्नी के लिए भोजन खरीद सकते थे। इसलिए उन्होंने अपने वस्त्र उतारे और उन्हें जाल की तरह पक्षियों के ऊपर फेंक दिया। किंतु वह देखकर हैरान रह गए कि पक्षियों ने वस्त्रों को चोंच में दबाया और उड़ गए। बेचारे नल के पास अब वस्त्र भी नहीं थे!

"जब दमयंती को यह बात पता चली तो उसे दुःख पहुँचा और उसने नल को अपनी आधी साड़ी दे दी, जिससे कि वह कम-से-कम अपना शरीर ढँक सकें।

"वे साथ-साथ चलने लगे, जब तक कि उन्हें एक तिराहा नहीं मिला; एक उज्जैन, एक विदर्भ और एक अयोध्या की ओर जा रहा था।

"नल ने एक बार फिर अपनी पत्नी को समझाया कि वह अपने माता-पिता के घर चली जाए। 'तुम अपने माता-पिता के साथ कुछ समय के लिए क्यों नहीं रहतीं? हमारे बच्चे भी वहीं हैं और वहाँ तुम सुख से रह सकोगी। मैं अपना राज्य वापस पाने का कोई-न-कोई उपाय कर लूँगा। मैं वचन देता हूँ कि जब सब ठीक हो जाएगा, तब मैं तुम्हें वापस बुला लूँगा।'

" 'मैं तुम्हें इस हाल में इस जंगल में अकेला कैसे छोड़ सकती हूँ? पति को कठिन समय में अपनी पत्नी की आवश्यकता पड़ती है। मैं भूख, प्यास, चिंता और परिश्रम के इन दिनों में तुम्हारे साथ ही रहूँगी। हम अच्छा और बुरा, सबकुछ आपस में बाँट लेंगे।' नल चुप रह गए।

"कुछ दूर चलने के बाद पति-पत्नी ने एक पेड़ की छाँव में आराम करने का मन बनाया, जहाँ थकी-माँदी दमयंती की आँख लग गई।

"नल दुःख से भर गए थे। उसने याद किया कि कैसे उनकी पत्नी ने

चार देवताओं से मुँह मोड़कर उनसे विवाह किया था और आज वह अपनी पत्नी को ऐसी दयनीय स्थिति में ले आए थे! वह व्याकुल थे। उन्होंने सोचा, 'यदि मैं इसे अपने साथ ले जाऊँगा तो न जाने इसका क्या अंत होगा? इसे और अधिक कष्ट होगा और मैं इसे उस हाल में देख नहीं पाऊँगा। इसमें इसका कोई दोष नहीं है। यह इतना क्यों भुगते? मेरे लिए सबसे अच्छा यही रहेगा कि मैं इसे यहीं विदर्भ में छोड़ दूँ और अपने रास्ते चला जाऊँ। यदि जागने के बाद यह मुझे नहीं देखेगी तो इसके पास अपने माता-पिता के घर लौटने के अतिरिक्त कोई रास्ता नहीं होगा।'

"भारी मन से नल अपनी सुंदर पत्नी को पेड़ के नीचे सोते छोड़ उसी क्षण वहाँ से चले गए।

"जब दमयंती की नींद खुली, तब नल कहीं दिखाई नहीं दे रहे थे। उसने उन्हें यहाँ-वहाँ ढूँढ़ा, किंतु जब वह नहीं मिले तो उसे समझ आ गया कि नल उसे छोड़कर चले गए हैं। वह रोती-सुबकती हुई जंगल की गहराई में इस आशा के साथ बढ़ने लगी कि शायद वह उसे मिल जाएँ। तभी अचानक एक अजगर उसकी तरफ लपका, उससे लिपट गया और उस पर अपना शिकंजा कसने लगा। दमयंती घबराकर ऊँचे स्वर में सहायता के लिए चिल्लाने लगी। उसका भाग्य अच्छा था कि पास ही मौजूद शिकारियों के एक समूह ने उसकी पुकार सुन ली और उसे अजगर से बचा लिया।

"बाद में उसने शिकारियों को इस आशा में अपनी व्यथा सुनाई कि वे उसके कष्ट को समझेंगे; किंतु उसका दुर्भाग्य ऐसा कि शिकारियों के मुखिया को उसके मोहक रूप के कारण उससे प्रेम हो गया। उसने तुरंत प्रार्थना की, 'हे ईश्वर! यदि मेरे पति के लिए मेरा प्रेम सच्चा है तो मुझे शक्ति दीजिए कि मैं अपने सामने खड़े इस मनुष्य को शाप दे सकूँ कि यह जीवित ही जल जाए!'

"इतना कहना था कि शिकारियों का मुखिया जलने लगा और उसकी मृत्यु हो गई। अन्य शिकारी, जो इस घटना के गवाह बने, वहाँ से भाग खड़े हुए।

"निरुद्देश्य दमयंती वन में भटकने लगी और उसे समय का भी ज्ञान नहीं रहा।

"एक दिन उसने वन से एक कारवाँ को गुजरते देखा। कारवाँ रुका और एक व्यक्ति ने उससे पूछा, 'हे कुलीन स्त्री! तुम ठीक तो हो? यहाँ इस वन में तुम क्या कर रही हो?'

"दमयंती ने उत्तर नहीं दिया।

"उस व्यक्ति ने कहा, 'यह वन भयंकर पशुओं और साँपों से भरा है। हमारा समूह चेदि राज्य की ओर जा रहा है। हमारे साथ चलो। हम तुम्हारे लिए वहाँ कोई काम ढूँढ़ लेंगे।'

"कुछ कहे बिना दमयंती कारवाँ के साथ हो गई और उस समूह के साथ आगे की यात्रा पर निकल पड़ी। कई दिन बीत गए, किंतु उसने उन्हें नहीं बताया कि वह एक रानी है या उसका पति जुए में सबकुछ हार गए थे।

"एक रात उस समूह ने एक झील के किनारे अपने तंबू गाड़ दिए। कुछ घंटे बाद हाथियों और वन्य पशुओं का झुंड तबाही मचाता हुआ वहाँ आ पहुँचा, जिसने तंबुओं को तहस-नहस कर दिया और कई लोगों को मार डाला। दमयंती जीवित बचनेवाले कुछ लोगों में से एक थी। उसे गहरा आघात पहुँचा था। उसे यह लगने लगा था कि उसके साथ और उसके साथ रहनेवालों पर एक के बाद एक विपत्तियों का पहाड़ टूट रहा था। वह सोचने लगी, 'संभवतः देवताओं की बात न मानने के कारण मुझे दंड दिया जा रहा है।'

"उसके विचार को मानो पुष्ट करते हुए समूह के कुछ लोग उसे 'कुलक्षणी' कहकर बुलाने लगे। इसके बावजूद वे उसे अपने कारवाँ में चेदि नगर तक ले गए।

"राजधानी में उसे राज्य की रानी माँ से एक दुखियारी के रूप में मिलवाया गया। रानी माँ उसके प्रति दयालु थीं। 'तुम क्या काम कर सकती हो?' उन्होंने पूछा।

“ ‘मैं राजकुमारी की सेविका या सैरंध्री बन सकती हूँ।’ दमयंती ने कहा।

“रानी माँ ने स्वीकृति दे दी और दमयंती को अंत में एक आश्रय मिल गया।

“समय बीतता गया और दमयंती देवताओं से प्रार्थना करती रही। वह जानती थी कि उसके माता-पिता उसके पुत्रों का ध्यान रखेंगे; किंतु अपने पति को लेकर उसकी चिंता बनी हुई थी।

“इस बीच दमयंती को पेड़ के नीचे सोता छोड़ गए नल को भी कठिनाइयों का सामना करना पड़ रहा था। वह किसी दूसरे वन में भटक रहे थे, जहाँ उन्हें एक साँप दिखा, जिसे आग ने चारों ओर से घेर लिया था।

“नल को चीख सुनाई पड़ी थी। साँप ने उन्हें देखा और कहा, ‘मेरा नाम कर्कोटक है। मैं आग के इस घेरे में फँस गया हूँ, मुझे बचा लो।’

“दयालु स्वभाव का होने के कारण नल उसकी मदद के लिए दौड़े। उन्होंने कर्कोटक को अपने कंधे पर उठाया और उसे आग के घेरे से बाहर निकाल दिया।

“अचानक कर्कोटक ने उन्हें काट लिया और नल तुरंत ही एक कुरूप जीव बन गए, जो किसी बौने के आकार का था। उन्हें क्रोध आ गया, ‘यह तुमने मेरे साथ क्या किया? तुम्हें जिसने संकट से बचाया, उसके साथ तुम ऐसा कैसे कर सकते हो? तुम एक कृतघ्न जीव हो।’

“ ‘कृपया मात्र इस कारण मुझे बुरा मत कहो, क्योंकि मैंने तुम्हें काटा और कुरूप बना दिया।’ साँप ने कहा, ‘मैंने ऐसा एक उद्देश्य से किया है। तुम दयनीय स्थिति में हो और इस रूप में तुम्हें कोई भी नहीं पहचानेगा। चिंता मत करो, एक समय आएगा, जब तुम्हारे अंदर अपने मूल रूप में लौटने की शक्ति आ जाएगी।’

“नल ने कुछ भी नहीं कहा। ‘शायद कर्कोटक की बातों में कुछ सच्चाई हो। कौन जानता है, भविष्य में क्या होने वाला है?’ उन्होंने सोचा।

“दोनों अपने-अपने रास्ते चले गए और नल अयोध्या जानेवाले रास्ते पर चल पड़े, जहाँ के राजा ऋतुपर्ण थे।

उत्तराखंड राज्य में भीमताल के पास 'कर्कोटक पहाड़ी' नाम की एक जगह है, जहाँ पहाड़ी की चोटी पर नाग मंदिर है। ऐसी मान्यता है कि यही वह स्थान है, जहाँ कर्कोटक की भेंट नल से हुई थी और उसने जीवन के कठिन समय को बिताने में सहायता के लिए नल को काटा था। इस मंदिर में अकसर वैसे तीर्थयात्री आते हैं, जो मानते हैं कि कर्कोटक देवता की पूजा से वे साँपों से सुरक्षित रहेंगे।

"नल ने अपना नाम बदलकर 'बाहुक' रख लिया और धर्मपरायण ऋतुपर्ण के दरबार में पहुँचे। 'मेरा नाम बाहुक है, श्रीमान' नल ने कहा, 'मैं एक कुशल रसोइया हूँ और आपके लिए कम-से-कम समय में सबसे स्वादिष्ट भोजन बना सकता हूँ।' नल इस कारण ऐसा कर लेते थे, क्योंकि भोजन पकाने के लिए अग्नि, वायु एवं जल की आवश्यकता होती है और वह जानते थे कि उन्हें अग्नि, वायु और वरुण का आशीर्वाद प्राप्त है।

"ऋतुपर्ण ने नल के पकाए भोजन को चखा और पाया कि उनकी बात सच्ची थी। इसलिए नल को ऋतुपर्ण के राजसी भोजनालय का मुख्य महाराज नियुक्त कर दिया गया।

"इस प्रकार, दमयंती और नल अलग-अलग रहने लगे, जिन्हें एक-दूसरे के ठिकाने के बारे में कोई जानकारी नहीं थी। इस बीच जैसे-जैसे दिन बीत रहे थे, दमयंती के माता-पिता को अपनी पुत्री की चिंता सताने लगी थी। वे जानते थे कि नल का राज्य छिन गया है और पति-पत्नी निर्वासन में जी रहे हैं। चूँकि उन्हें दमयंती की कोई सूचना नहीं मिली, इस कारण उन्होंने दूतों और सैनिकों को उसका पता लगाने के लिए भेज दिया; यहाँ तक कि उन्होंने दंपती का पता बतानेवाले के लिए पुरस्कार की घोषणा भी कर दी।

"खोजबीन करनेवाले दल का एक सदस्य सुदेव चेदि राज्य पहुँच गया। वहाँ उसने दमयंती को राजमहल में राजकुमारी की सेवा करते देखा। उसे जैसे ही अवसर मिला, वह उसके पास पहुँच गया। 'हे हमारी रानी! आप यहाँ सेविका बनी हुई हैं! किंतु मैंने आपको तुरंत ही पहचान लिया।'

"दमयंती ने उसी क्षण उससे अपने पुत्रों और माता-पिता का समाचार पूछा।

"बाद में दमयंती को रानी माँ और सुदेव की उपस्थिति में दरबार में बुलाया गया। रानी माँ मुसकरा रही थीं। 'हे दमयंती!' उन्होंने कहा, 'तुम मेरी भानजी हो! न तो मैं तुम्हारे विवाह में आई, न ही मैंने इतने वर्षों में कभी तुम्हें देखा था। मुझे क्षमा कर देना कि मैं तुम्हें पहचान नहीं सकी, जबकि तुम हमारे साथ रह रही थीं। मुझे क्षमा कर देना, मैंने तुम्हारे साथ सैरंध्री जैसा व्यवहार किया। तुम जब तक चाहो, हमारे साथ रह सकती हो।'

" 'मेरी प्यारी मौसी, तुम अपने आप को इतना मत कोसो। कठिन समय में ऐसी बातें होती हैं। काफी समय तक मैं अपने पति के बिना अपने माता-पिता के घर नहीं जाना चाहती थी; किंतु अब मुझे लग रहा है कि मेरे माता-पिता मेरे विषय में कितने चिंतित हैं। मैं अब भी नहीं जानती कि मेरे पति कहाँ हैं और इस बार मैं अपने माता-पिता और बच्चों के साथ ही रहना चाहूँगी।'

"रानी माँ ने दमयंती को भिन्न-भिन्न प्रकार के उपहार दिए और सुदेव को ढेर सारा सोना पुरस्कार के रूप में दिया।

"जल्दी ही दमयंती अपने माता-पिता के घर पहुँच गई। वह अपने पुत्रों के साथ रहने लगी; किंतु उसकी उदासी बनी रही। वह जानती थी कि कहीं-न-कहीं उसके पति अवश्य रह रहे हैं। इसलिए उसने दूतों को उनकी खोज में एक प्रश्न के साथ भेजा, जिसे वे मिलनेवाले व्यक्तियों से पूछेंगे—कैसे कोई व्यक्ति अपनी पत्नी को वन के बीच छोड़ सकता है, अपना शरीर ढँकने के लिए उसकी आधी साड़ी का इस्तेमाल कर सकता है और फिर, बिना उसकी सुरक्षा की चिंता किए उसे छोड़कर जा सकता है? क्या वह एक अनुत्तरदायी पति नहीं है?

"उसे कई उत्तर मिले। लगभग सभी ने कहा, 'हाँ, वह पति अनुत्तरदायी है।'

"किंतु एक विचित्र उत्तर से वह चौंक गई। यह ऋतुपर्ण के राज्य से आया था। उसमें लिखा था—'यह भाग्य का फेर था। यदि पत्नी अपने पति की आशय को समझ ले तो वह अपने पति को क्षमा कर देगी। उसने ऐसा

अपनी पत्नी के लिए किया, ताकि उसकी देखभाल उसके माता-पिता कर सकें।'

"इसके अलावा उस संदेश में लिखा था—'हम जब इस संदेश के साथ ऋतुपर्ण के महल में पहुँचे तो हमारी भेंट बाहुक से हुई, जो राजा का निकटस्थ और भोजनालय का प्रभारी था। उसने पूछा कि यह संदेश कहाँ से आया है? जब उसे पता चला कि इसे राजकुमारी दमयंती ने भेजा है तो उसकी आँखें भर आईं और उसने आपके साथ-साथ आपके बच्चों के कुशलक्षेम के विषय में भी पूछा।'

"दमयंती ने संदेशवाहक से पूछा, 'वह बाहुक कैसा दिखता है? क्या वह सुंदर है?'

"'राजकुमारीजी, वह एक बौना है और इतना कुरूप है, जैसा हमने आज तक नहीं देखा।' उसने उत्तर दिया। दमयंती स्तब्ध रह गई और उसने हाथों के इशारे से संदेशवाहकों को चले जाने को कह दिया।

"काफी समय तक दमयंती इस जानकारी पर सोच-विचार करती रही। उसका मन कह रहा था कि बाहुक कोई और नहीं, बल्कि उसके पति नल है; किंतु उसके रूप का जो वर्णन किया गया था, उससे वह हिचक रही थी। अंत में उसने एक योजना बनाई।

"राजा ऋतुपर्ण एक कुशल चौसर खिलाड़ी थे। चूँकि बाहुक उनके सबसे समीप रहनेवालों में से एक था और राजा के साथ काफी समय बिताता था, इसलिए वह भी उस खेल को खेलना सीख गया था। ऋतुपर्ण पेड़ के पत्तों को भी बड़ी सफाई से गिन लेते थे, जबकि बाहुक कुशल सारथि था। समय के साथ दोनों ने एक-दूसरे से कई प्रकार के कौशल सीख लिये।

"अब चूँकि दमयंती बाहुक के बारे में सूचना को लेकर उत्सुक रहती थी, इसलिए उसे समय-समय पर ऋतुपर्ण के दरबार में उस बौने की सूचना मिल रही थी, जो भोजन बनाने और रथ का सारथ्य करने के लिए विख्यात था।

"एक विशेष दिन उसने अपनी योजना को लागू करने का निर्णय लिया

और अपने पिता को उसकी सारी बातें बताईं। 'पिताजी, कृपा कर एक संदेशवाहक को महाराज ऋतुपर्ण के राज्य में इस सूचना के साथ भेजें कि कल सुबह मेरा दूसरा स्वयंवर हो रहा है। यदि महाराज बाहुक को साथ लेकर आते हैं तो मैं तय करूँगी कि आगे क्या करना है!'

"राजा सहमत नहीं थे। फिर भी उन्होंने अपनी बेटी की बुद्धिमानी पर विश्वास किया और ऋतुपर्ण के पास एक दूत को भेज दिया।

"ऋतुपर्ण ने दमयंती की सुंदरता के विषय में सुन रखा था और आमंत्रण मिलने पर उनकी खुशी का ठिकाना नहीं था। 'यदि उन्होंने मुझे थोड़ा पहले बता दिया होता तो मैं अवश्य शामिल होता! अब मैं स्वयंवर में सही समय पर कैसे पहुँच सकता हूँ?' उन्होंने सबसे यही सवाल पूछा। अचानक उन्होंने अपने विश्वासपात्र को ढूँढ़ने के लिए इधर-उधर देखा। 'अरे बाहुक, अब तो तुम्हीं मेरा आखिरी सहारा हो। क्या तुम मुझे वहाँ शीघ्र-से-शीघ्र पहुँचा सकते हो? हम अपने सबसे तेज दौड़नेवाले घोड़े और अपना सबसे अच्छा रथ ले चलेंगे।'

"नल ने जब अपनी पत्नी के दूसरे विवाह का समाचार सुना तो उनका हृदय बैठ गया; किंतु वह अपने राजा के आदेश को टाल नहीं सकते थे। भारी मन से उन्होंने विदर्भ जाने की तैयारी शुरू कर दी और शीघ्र ही दोनों रवाना हो गए।

"उसी संध्या ऋतुपर्ण और बाहुक विदर्भ राज्य में पहुँच गए। दमयंती को जब पता चला कि छेदी के राजा के साथ वह कुरूप बौना भी आया है तो वह जान गई कि उसके पति के सिवाय कोई दूसरा राजधानी तक इतनी तीव्र गति से नहीं पहुँच सकता था।

"अपने अनुमान को सिद्ध करने के लिए उसने अपने पुत्रों को बाहुक से मिलने भेजा, जिसने उन्हें सीने से लगा लिया और फफक-फफककर रोने लगा। उसी रात दमयंती ने बाहुक को संदेशा भिजवाया कि वह उसके लिए भोजन पकाए। दमयंती ने जब भोजन चखा तो उसे अपने पति के हाथ का स्वाद मिला और उसी क्षण वह समझ गई कि वह बौना निश्चित रूप से उसका पति ही है।

"किंतु दमयंती सोच रही थी कि वह ऐसा क्यों दिख रहा है? इसलिए अपने पुत्रों को साथ लेकर वह पहली बार बाहुक से मिलने चल दी। मानो भाग्य को यह मालूम हो गया था कि बाहुक का सही समय आ चुका है! नल अपने मूल रूप में लौट आए और पूरे परिवार का फिर से मिलन हो गया।

"साथ-साथ वे ऋतुपर्ण के पास पहुँचे, जहाँ दमयंती ने गलत संदेशा भिजवाने के लिए राजा से क्षमा माँगी। राजा को जब बाहुक की असली पहचान का पता चला तो उन्हें इस बात का अभिमान हुआ कि उनकी मित्रता नल से हुई और उन्होंने निष्ठा से उनकी सेवा की।

"जब कुछ और समय बीता, तब नल वापस निषध राज्य पहुँचे, अपने भाई पुष्कर के साथ चौसर का एक और खेल खेला, जिसमें उसे पराजित किया और अंत में अपने राज्य को फिर से जीतकर शेष जीवन शांति से जीने लगे।"

इस कहानी के समापन पर युधिष्ठिर को गहरी शांति मिली। वे समझ गए कि ऋषि उन्हें क्या शिक्षा देना चाहते थे! यही कि सभी के जीवन में चुनौतियाँ आती हैं और कोई भी व्यक्ति इन चुनौतियों पर धैर्य, साहस तथा बुद्धिमानी से बिलकुल दमयंती की ही तरह विजय प्राप्त कर सकता है।

आज भी किसी पुरुष द्वारा अच्छा भोजन बनाने पर उसकी तुलना नल के भोजन पकाने से की जाती है और उसे 'नलपाक' कहा जाता है। दमयंती का नाम लेते ही राजा रवि वर्मा की विख्यात पेंटिंग 'हंस दमयंती' मन में उभर आती है, जिसमें दमयंती को एक स्वर्ण हंस से बातें करते दिखाया गया है।

□

राजकुमारी, जो विवाह का उपहार बन गई

प्राचीन काल में देवों और असुरों के बीच युद्ध सामान्य-सी बात थी। देवताओं के गुरु बृहस्पति को अपनी बुद्धिमानी के लिए जाना जाता था। उनका एक बुद्धिमान, सुंदर और आज्ञाकारी पुत्र था, जिसका नाम 'कच' था। उस समय असुरों के गुरु शुक्राचार्य थे, जो अति तेजस्वी, ज्ञानी और क्रोधी स्वभाव के थे।

जब भी असुरों की हत्या होती, तब शुक्राचार्य 'संजीवनी' नाम का एक विशेष मंत्र पढ़ते और उन्हें जीवित कर दिया करते थे। इसके फलस्वरूप, एक ऐसा समय आया, जब सभी युद्धों में असुरों की विजय होने लगी। देव चाहे कितनी ही शक्ति या वीरता से क्यों न लड़ें, अंत में उनकी हार हो जाती थी; क्योंकि बृहस्पति के पास वह ज्ञान नहीं था, जो 'संजीवनी' मंत्र के लिए आवश्यक था।

लगातार और भारी हानि के बाद देवता निराश हो गए और उन्होंने एक बैठक बुलाई। बैठक में कच को शुक्राचार्य के आश्रम में उनकी सेवा के बहाने भेजने का निर्णय लिया गया; जबकि असली उद्देश्य उनसे मृत शरीर में प्राण फूँकनेवाला मंत्र सीखना था। देवताओं ने कच को निर्देश दिया, "उस मंत्र को सीखने के लिए जो करना पड़े, वह करो। हम सबका जीवित रह पाना अब उसी पर निर्भर है।"

कच समझ गए और अपने गंतव्य के लिए निकल पड़े।

वे जब शुक्राचार्य के आश्रम पहुँचे तो महागुरु को झुककर प्रणाम किया और उनसे विनती की, "हे गुरुदेव! मैं कच हूँ, बृहस्पति का पुत्र। मेरी हार्दिक इच्छा है कि मैं आपका शिष्य बनूँ और आपकी सेवा करूँ। कृपया मुझे अपना शिष्य स्वीकार कीजिए। मैं कभी आपको दुःख नहीं पहुँचाऊँगा।"

गुरु शुक्राचार्य चतुर थे। वे कच के आने का उद्देश्य समझ गए, किंतु उन दिनों गुरु का यह कर्तव्य था कि वह किसी योग्य शिष्य को अपना ले, जो मन से उसकी सेवा करना चाहता था। शुक्राचार्य ने सोचा, 'मैं कच को सहज ही शिष्य बना सकता हूँ। वैसे भी, मैं इसे वही शिक्षा दूँगा, जो मुझे इसके लिए उचित लगेगा।'

शुक्राचार्य की एक रूपवान् पुत्री थी, जिसका नाम था 'देवयानी', जो उनकी आँखों का तारा थी। कई वर्ष पूर्व अपनी माता की मृत्यु के बाद अपने पिता से उसका स्नेह बढ़ गया था, किंतु अकसर वह अकेलापन अनुभव करती थी।

कच के आने से देवयानी अपनी ही उम्र के साथी को पाकर खुश थी। उसके पिता अकसर अपने शिक्षण या राज-काज के कामों में व्यस्त रहते थे और कुछ समय बाद कच देवयानी के बहुत अच्छे सहचर बन गए। वह उसे छोटी-से-छोटी बात भी बताने लगी, यहाँ तक कि अपनी छोटी-से-छोटी इच्छा और वह जो भी चाहती, कच उसके लिए ले आता। यदि वह जंगल के किसी फूल की इच्छा करती तो जैसा वह चाहती, ठीक वैसा ही फूल कच ले आता। यदि वह घूमने की इच्छा जताती तो कच हमेशा उसके साथ चल पड़ता था। धीरे-धीरे उसे कच से प्रेम हो गया।

कच पर नजर रख रहे असुर छात्र इन सारी बातों से खिन्न थे। उन्हें संदेह था कि कच का आश्रम में आने का उद्देश्य कुछ और है; किंतु उनमें इस पर अपने गुरु से चर्चा करने का साहस नहीं था।

एक दिन शुक्राचार्य ने कच को गायों को चराने का निर्देश दिया। इस अवसर का लाभ उठाते हुए असुरों ने कच की हत्या कर दी और शाम को

गायें अपने आप आश्रम लौट आईं।

रात होने पर भी जब कच अपने गुरु के आश्रम नहीं लौटा, तब देवयानी को उसकी चिंता सताने लगी। वह अपने पिता के पास गई और उनसे कोमल स्वर में कहा, "पिताजी, मुझे कच की चिंता हो रही है। वह गायों के साथ वापस नहीं लौटा है। कृपा कर कुछ कीजिए और उसे ढूँढ़ लाइए।"

शुक्राचार्य ने देखा तो उसकी आँखों में आँसू थे। उन्होंने गहन ध्यान लगाया और देख लिया कि किस प्रकार असुरों ने कच की हत्या कर दी है। वे देवयानी को यह बात नहीं बताना चाहते थे कि असुरों ने कच की हत्या कर दी है। इसलिए उन्होंने 'संजीवनी मंत्र' का प्रयोग कर कच को जीवित किया और आश्रम में वापस ले आए।

कुछ दिनों बाद असुरों ने कच को मारने का दूसरा प्रयास किया। इस बार उन्होंने उसके शव को एक कुएँ में फेंक दिया। गुप्त रूप से शुक्राचार्य ने एक बार फिर कच को जीवित कर दिया।

बौखलाए असुरों ने एक गहरा षड्यंत्र रचा। अगली बार जब उन्होंने कच की हत्या की तो उसके शव को ज़ला दिया, उसकी अस्थियों को पानी में मिलाया और अपने गुरु के जल पीनेवाले पात्र में भर दिया।

उस शाम शुक्राचार्य ने रात का भोजन किया और अपने पात्र से जल पिया। शाम से रात हो गई, किंतु कच लौटकर नहीं आया। हमेशा की तरह देवयानी ने रोते हुए अपने पिता से उसे ढूँढ़ लाने की विनती की।

ध्यान लगाने के बाद शुक्राचार्य समझ गए कि अब उन्हें देवयानी को सच बताना ही होगा। इसलिए उन्होंने उसे बताया कि क्या हुआ था और फिर कहा, "मेरी प्रिय पुत्री, कच अब मेरे पेट में है, इसलिए मैं उसे जीवित नहीं कर सकता।"

आँखों में आँसू लिये देवयानी अड़ गई और बोली, "नहीं, पिताजी, आपको उसे किसी भी प्रकार वापस लाना ही होगा।"

शुक्राचार्य ने सबकुछ समझाने का प्रयास किया—"यदि मैंने कच को जीवित कर दिया तो उसे मेरे पेट से बाहर आना पड़ेगा। इसका अर्थ होगा कि

मुझे मरना होगा, ताकि वह जीवित रहे। मेरी बेटी, तुम मुझे बताओ, तुम अपने पिता को चाहती हो या अपने साथी को? हममें से केवल एक ही जीवित बचेगा।"

"मैं चाहती हूँ कि आप दोनों ही जीवित और स्वस्थ रहें। पिताजी, आप मुझसे विकल्प चुनने की बात मत कीजिए। मैं आप दोनों से प्रेम करती हूँ।" देवयानी बोली।

"पुत्री! कच कोई सामान्य मनुष्य नहीं है। मैं जानता हूँ कि वह मेरी सेवा करने यहाँ क्यों आया है। सच तो यह है कि वह मुझसे 'संजीवनी मंत्र' सीखना चाहता है और यदि तुम चाहती हो कि हम दोनों जीवित रहें तो इसका एक ही रास्ता है कि मैं अपने पेट के भीतर ही उसे वह मंत्र बता दूँ। उसके बाद मैं उसे जीवित कर दूँगा; किंतु मेरी मृत्यु हो जाएगी। फिर उसे मंत्र का प्रयोग कर मुझे जीवित करना होगा, किंतु यह कार्य संकटपूर्ण है। देवयानी! तुम इसका परिणाम अच्छी तरह समझ रही होगी! इससे एक-न-एक दिन असुरों का नाश हो जाएगा और यह हमारे राजा के साथ अन्याय होगा। मैं तुमसे प्रार्थना करता हूँ,. कच को भूल जाओ।"

किंतु देवयानी इतनी हठी थी कि उसने अपने पिता की एक नहीं सुनी। "मैं कच से कह दूँगी कि आपको जीवित करने के सिवाय उस मंत्र का प्रयोग फिर कभी किसी प्रयोजन के लिए न करे। वह मेरी बात मान लेगा। मैं उसे जानती हूँ। कृपा करके उसे जीवित कर दीजिए।"

अपनी बेटी के प्रेम में शुक्राचार्य को कुछ नहीं सूझा और उन्होंने हथियार डाल दिए। उन्होंने जैसी भविष्यवाणी की थी, उसी प्रकार कच शुक्राचार्य के पेट से निकला और इस प्रक्रिया में गुरु की मृत्यु हो गई। कच ने अपने गुरु को संजीवन के मंत्रोच्चार से जीवित कर अपना कर्तव्य निभाया।

वह स्थान, जहाँ शुक्राचार्य ने इस अनमोल मंत्र को बताया, वह महाराष्ट्र राज्य के कोपरा गाँव में है। वहाँ एक मंदिर है, जहाँ लोग किसी भी दिन, किसी भी समय शुभ मुहूर्त या शुभ समय की परंपरा का पालन किए बिना विवाह कर सकते हैं। आज भी गोदावरी नदी के दोनों तटों

पर दो पक्षों में शत्रुता को दिखाने के लिए दिखावे का युद्ध होता है—
एक पक्ष देवों की वेशभूषा में होता है तो दूसरा असुरों की वेशभूषा में।

देवयानी अब अपने जीवन में दोनों ही व्यक्तियों को स्वस्थ और सुरक्षित पाकर आह्लादित थी।

किंतु इस घटना से कच का अभियान पूरा हो गया और वह समझ चुका था कि उसके आश्रम से जाने का समय आ गया है।

अगले दिन जब देवयानी को पता चला कि कच जानेवाला है, तब वह चौंक गई। "हे कच! तुम क्यों जा रहे हो?" उसने पूछा।

कच ने जब कोई उत्तर नहीं दिया तो देवयानी सुबकने लगी। "मैं तुमसे प्रेम करती हूँ! तुम्हें जीवित रखने के लिए मैंने हर संभव जतन किए। तुम्हें मुझसे विवाह करना होगा। क्या ऐसा करना उचित नहीं होगा?"

कच मंद-मंद मुसकराने लगा। "प्रिय देवयानी, अपने गुरु की पुत्री और अपनी साथी के रूप में मैंने सदैव तुम्हारा सम्मान किया है। मेरे मन में तुम्हारे प्रति न कभी कोई प्रेमपूर्ण संबंध का विचार आया, न ही मैंने उसे कभी प्रकट किया। मैंने अब तुम्हारे पिता के पेट से जन्म लिया है और तुम्हारा भाई बन गया हूँ। कृपया मुझे क्षमा कर दो, क्योंकि मैं तुमसे विवाह नहीं कर सकता।"

देवयानी हर संभव प्रयास के बाद भी उसे मना नहीं सकी। दुःख और क्रोध से उसने कच को शाप दे दिया। "संजीवनी मंत्र कभी तुम्हारे काम नहीं आएगा, क्योंकि तुमने अपने उद्‍देश्य को पूरा करने के लिए मेरी भावनाओं के साथ खिलवाड़ किया है। तुम्हें उसका ज्ञान तो हो गया है, किंतु उस मंत्र के प्रयोग से तुम फिर कभी किसी को जीवित नहीं कर सकोगे।"

आमतौर पर शांत और संयमित रहनेवाला कच आवेश में आ गया और उसने पलटकर शाप दिया, "सुनो देवयानी! तुम कभी किसी ऋषि-पुत्र से विवाह नहीं कर सकोगी। तुम्हारा हठी स्वभाव ऋषियों के शांत और सुशील कुल के अनुकूल नहीं है। तुम्हारा विवाह वैसे ही स्वभाववाले कुल में किसी से होगा।"

यह कहकर कच अपने गुरु के आश्रम से चला गया और देवयानी एक बार फिर अकेली रह गई।

समय बीता और एक दिन देवयानी को जल-क्रीड़ा में हिस्सा लेने का आमंत्रण आया। आमंत्रण शर्मिष्ठा ने भेजा था, जो उसकी सहेली और असुरों के राजा की पुत्री थी।

खुशी-खुशी देवयानी जल-क्रीड़ा के दिन निर्धारित स्थान पर पहुँच गई। वहाँ उसे राजकुमारी की कई सहेलियाँ मिलीं, जिन्होंने नए चलन के मूल्यवान् वस्त्र पहने हुए थे। एकमात्र वही साधारण वस्त्रों में थी। उसे महसूस हुआ कि वह अमीरों और कुलीनों के बीच नहीं रह सकती है, क्योंकि एक ऋषि की बेटी होने के कारण वह अपने आसपास के लोगों से बिलकुल अलग थी।

कुछ समय बाद सभी एक सरोवर में चली गईं और तैरने लगीं। राजकुमारी शर्मिष्ठा ने नेतृत्व सँभाला और क्रीड़ा शुरू हो गई। उस समूह का खेल कई घंटे तक चला। सूरज ढलने लगा और धुँधलका छा गया और तब जाकर क्रीड़ा समाप्त हुई।

लड़कियाँ पानी से बाहर निकलीं और गीले कपड़ों को उतारकर सूखे वस्त्र पहनने लगीं। अँधेरा छाने लगा था और देवयानी अपने साथ लाए वस्त्र पहनने के लिए झटपट अँधेरे में ही आगे बढ़ गई और वस्त्र बदल लिये।

उसी समय शर्मिष्ठा अपने वस्त्र ढूँढ़ती हुई पहुँची। उसने देखा कि उसकी सहेली देवयानी उसके वस्त्र पहन रही थी! शर्मिष्ठा क्रोध से चिल्ला उठी, "दुस्साहसी, निर्धन शिक्षक की बेटी, तुमने मेरे वस्त्र पहनने का साहस कैसे दिखाया? ये रेशम और सोने से बने हैं। तुम्हें सूती वस्त्र ही पहनने चाहिए। चलो, लौटाओ मेरे वस्त्र।"

शर्मिष्ठा ने आसपास देवयानी के वस्त्र ढूँढ़े और मिलते ही उन्हें उसकी ओर फेंक दिया।

देवयानी ने वस्त्र उतारे और जल्दी-जल्दी अपनी सूती चोली व साड़ी

पहन ली। वह अपमानित महसूस कर रही थी और उसने राजकुमारी से चीखते हुए कहा, "अँधेरे के कारण मुझसे चूक हुई, शर्मिष्ठा! तुमने मुझसे इस प्रकार अशिष्ट व्यवहार करने का साहस कैसे किया? मेरे पिता और उनके विशेष संजीवनी मंत्र के कारण ही असुरों को देवताओं के विरुद्ध जीत मिली है। तुम यह कैसे भूल सकती हो?"

"इतना मत बोलो, देवयानी! तुम्हारे पिता यह सब अपनी महानता के कारण नहीं कर रहे हैं। अपनी आजीविका के लिए उन्हें यह करना पड़ रहा है, जिसके लिए वे पूरी तरह मेरे पिता पर आश्रित हैं। यह बात कभी मत भूलना!" शर्मिष्ठा ने उसे नीचा दिखाने के लिए कहा।

दोनों के बीच बहस छिड़ गई और दोनों का ही अपनी बुद्धि तथा अपने क्रोध पर नियंत्रण नहीं रहा। दूसरी लड़कियाँ दूर से ही उन्हें जोर-जोर से झगड़ते देख रही थीं और उन्हें समझ नहीं आ रहा था कि क्या करें? एक राजकुमारी थी तो दूसरी विख्यात गुरु की प्रिय पुत्री। उन्हें रोकने का साहस किसमें था! जब बहुत अधिक अँधेरा छा गया, तब अन्य सारी लड़कियाँ चुपचाप अपने-अपने घर चली गईं।

इस बीच क्रोध से अनियंत्रित हो चुकी शर्मिष्ठा ने देवयानी को एक सूखे कुएँ में धकेल दिया। वह क्रोध से इस प्रकार जल रही थी कि उसने अपनी सहेली को वहीं छोड़ दिया और महल की ओर बढ़ गई।

कई घंटे बीत गए, देवयानी पूरी तरह से अँधेरे से घिर गई और सन्नाटा उसे काटने को दौड़ रहा था। वह सुबक-सुबककर रोने लगी। 'मैं जानती हूँ कि मेरे पिताजी को पता चलेगा कि मैं खो हो गई हूँ तो वे मुझे ढूँढ़ लेंगे।' वह सोचने लगी। 'किंतु वे कितनी देर बाद मुझे ढूँढ़ना शुरू करेंगे? या संभव है कि शर्मिष्ठा झूठ बोल दे और कह दे कि मैं कहीं और हूँ। यदि ऐसा हुआ तो भोजन व पानी के बिना मैं यहीं मर जाऊँगी।'

इस आस के साथ कि कोई उसकी पुकार सुन ले, वह चीखने लगी।

अंत में, सुबह पौ फटने के समय कुछ दूरी पर एक रथ जा रहा था। वह रथ राजा ययाति का था, जो नहुष का पुत्र था। उसे लगा कि कोई सहायता के

लिए पुकार रहा है, किंतु समझ नहीं आया कि कौन हो सकता है ?

उसने अपना रथ रोक दिया और पास के कुएँ से किसी लड़की के रोने की आवाज की दिशा की ओर बढ़ गया। उसने जब अंदर झाँका तो एक अकेली युवती दिखाई पड़ी। वह उसके चेहरे को साफ-साफ नहीं देख पाया, किंतु सुबह की हलकी रोशनी में जो कुछ दिखा, उससे लगा कि वह एक सुंदर युवती है। उसने अपना दाहिना हाथ आगे बढ़ाया और उस युवती ने अपना दाहिना हाथ उसके हाथ पर रख दिया। उसने कसकर हाथ को पकड़ा और युवती को खींचकर कुएँ से बाहर निकाला।

ययाति ने अपना परिचय दिया, "मैं राजा ययाति हूँ। तुम्हारे जैसी सुंदर युवती को इस समय इस प्रकार कुएँ में फँसा देखकर चकित हूँ। यह सब कैसे हुआ ?"

देवयानी ने उन्हें प्रणाम किया और कहा, "मैं देवयानी हूँ, असुरों के गुरु शुक्राचार्य की बेटी। एक राजकुमारी ने जान-बूझकर मुझे कुएँ में धकेल दिया था। अच्छा हुआ, जो आपने मेरा दाहिना हाथ पकड़ा और मैंने आपका। हमने अनजाने में ही विवाह के समय होनेवाली एक रस्म को निभाया है, इस कारण अब आपको मुझसे औपचारिक रूप से विवाह करना होगा।"

राजा ययाति अचंभित रह गए। भले ही देवयानी अति सुंदर थी, किंतु वह उसके पिता की ख्याति और उनके क्रोध को जानते थे। "देवी, मैंने तो बस, तुम्हारी सहायता की है। मेरी मंशा तुमसे विवाह करने की नहीं है।"

"मंशा तो मेरी भी नहीं है, किंतु भाग्य कुछ ऐसा ही चाहता है; क्या आपको ऐसा नहीं लगता ? किसी ऋषि की पुत्री के लिए यह परंपरा है कि जो व्यक्ति उसका दाहिना हाथ पकड़ ले, उसे उससे विवाह करना पड़ता है।" उसने कहा, "और यहाँ यही हुआ है।"

कच का शाप सच हो रहा था।

न चाहते हुए भी राजा ययाति सहमत हो गए। वह अब भी भयभीत थे कि न जाने शुक्राचार्य क्या कहेंगे या करेंगे ?

देवयानी ने अगला कदम बताया—"क्यों न मैं घर जाऊँ और अपने

पिता से बात करूँ? तुम कल सुबह आश्रम आना और औपचारिक रूप से उनसे मेरा हाथ माँग लेना।"

इधर घर पर शुक्राचार्य चिंता में डूबे थे कि न जाने उनकी बेटी के साथ क्या हुआ? 'रात होने से पहले उसे घर लौट आना चाहिए था।' वे सोच रहे थे, 'आज तक उसने कभी इतनी देरी नहीं की है। क्या वह बीमार पड़ गई? पता नहीं, कहीं जल-क्रीड़ा के दौरान ही उसे कुछ हो गया हो? अगर वह डूब गई हो तो? मैं उसके बिना कैसे जी पाऊँगा? मुझे कुछ-न-कुछ करना होगा।'

बेचैन होकर वे घर में यहाँ से वहाँ टहलने लगे।

और तभी देवयानी ने प्रवेश किया। देवयानी क्रोध से लाल थी और उसके पिता ने देख लिया कि वह क्रोध में है। देवयानी ने अपने साथ जो कुछ हुआ था, उसकी एक-एक बात शुक्राचार्य को बता दी। फिर उसने कहा, "कल राजा ययाति आएँगे और विवाह में मेरा हाथ माँगेंगे। मैं उसके लिए सहमत हूँ।"

शुक्राचार्य ने इसकी सहमति दे दी।

किंतु देवयानी का क्रोध फिर से फूट पड़ा और उसने कहा, "आपको शर्मिष्ठा के पिता से कहना होगा कि मेरे विवाह की सारी व्यवस्था वही करें, क्योंकि आप उनके दरबार के सबसे महत्त्वपूर्ण व्यक्ति हैं। मेरा आपसे आग्रह है कि जब आपके लिए मुझे उपहार देने का अवसर आएगा, तब मैं जो माँगूँगी, उसे आपको मुझे देना पड़ेगा।"

शुक्राचार्य ने उसे शांत करने का प्रयास किया, "बेटी देवयानी, मैंने अनेक युद्धों में विजय प्राप्त करने में राजा की सहायता की है। तुम्हारी जो भी इच्छा होगी, वह तुम्हें दे देंगे। बताओ, उपहार में तुम्हें क्या चाहिए?"

देवयानी ने उत्तर नहीं दिया।

"तुम्हें कोई पुस्तक चाहिए?" शुक्राचार्य ने जानना चाहा।

"पिताजी, मुझे न तो पुस्तक चाहिए, न धन। मेरी हार्दिक इच्छा है कि शर्मिष्ठा मेरी दासी बने। उसे मेरे साथ मेरी ससुराल जाना पड़ेगा।"

शुक्राचार्य को इस प्रकार के आग्रह की आशा नहीं थी। सामान्य रूप

से किसी ऋषि की पुत्री ज्ञान की इच्छा रखती है। उन्होंने उसे अपना निर्णय बदलने के लिए समझाया, "देखो पुत्री, मैं मानता हूँ कि शर्मिष्ठा ने गलती की है; किंतु तुम्हें उसे क्षमा कर देना चाहिए और उस अप्रिय घटना को भूल जाना चाहिए। वह असुरों की राजकुमारी है। तुम उसे अपनी दासी बनाने का आदेश नहीं दे सकती हो। मैं वचन देता हूँ कि मैं उसके पिता को उसके अनुचित व्यवहार की बात बताऊँगा और वे उसे उसके अनुसार दंड भी देंगे; किंतु तुमसे मैं यही कहूँगा कि प्रतिशोध के कार्य मत करो, बल्कि शांति और प्रसन्नता के साथ अपनी ससुराल जाओ।"

किंतु देवयानी अपनी हठ पर अड़ी रही—"पिताजी, मुझे और कुछ नहीं चाहिए। मैं बस, यही चाहती हूँ।"

शुक्राचार्य अपनी पुत्री के हठ को जानते थे। उनके कुछ भी कहने पर वह अपना निर्णय बदलनेवाली नहीं थी। संभवतः अपनी माता के बिना उसके पले-बढ़े होने के कारण ही वे अपनी पुत्री के प्रति अधिक उदार थे, जिसने उसे इतना हठी बना दिया था; किंतु अब उसे सुधारना संभव नहीं था। उनके पास शर्मिष्ठा के पिता और शासन चला रहे राजा वृषपर्व से बात करने के सिवाय कोई चारा नहीं था।

अगली सुबह राजा के दरबार में महान् गुरु शुक्राचार्य को दुःख में देखकर वृषपर्व को घोर आश्चर्य हुआ। राजा ने उनसे पूछा, "गुरुदेव, सब कुशल तो है ?"

शुक्राचार्य ने राजा को एक दिन पहले की पूरी घटना बताई और कठोरता से कहा कि वे शर्मिष्ठा को उपहार के रूप में देवयानी को सौंप दें।

राजा उलझन में पड़ गए। उन्होंने सोचा, 'यदि मैं गुरु शुक्राचार्य की बात नहीं मानता हूँ तो ये निश्चित रूप से मेरे दरबार का बहिष्कार कर देंगे। ये देवताओं के साथ भी मिल सकते हैं, जिससे मेरी हार और मेरे शासन का अंत निश्चित हो जाएगा। नहीं, मैं ऐसा नहीं होने दे सकता! अपनी प्रजा के लिए मैं ऐसा होने नहीं दूँगा। एक राजा को सबकी भलाई के लिए त्याग करना ही चाहिए।'

उन्होंने विचार किया। उन्होंने तय कर लिया कि उन्हें क्या करना है! भारी मन से राजा राजकुमारी के कक्ष की ओर बढ़ गए।

शर्मिष्ठा को कुछ पता नहीं था कि उसे लेकर इतना कुछ हो चुका है। असल में, वह खिड़की के पास अकेली बैठी थी और उदास थी, क्योंकि उसे लगा कि उसने अपनी सहेली देवयानी के साथ अच्छा व्यवहार नहीं किया। वह अपने आप को और अपने स्वभाव को कोस रही थी। 'मैंने उसके साथ इतना रूखा व्यवहार क्यों किया? वह कई बार मेरे महल में आ चुकी है और उसने कभी मेरे नए-नए आभूषणों या वस्त्रों की तरफ नहीं देखा और न ही मुझसे माँगा। वह एक सरल लड़की है, जिसे धन या दिखावे की परवाह नहीं है। अब मैं देवयानी का सामना कैसे कर पाऊँगी?'

उसने जब अपने पिता को अपने कक्ष में आते देखा और देखा कि वे परेशान हैं तो सोचने लगी, 'गुरु शुक्राचार्य ने अवश्य मेरे व्यवहार को लेकर मेरी शिकायत की होगी! अवश्य वे मुझसे बहुत निराश होंगे।'

इसलिए उसने स्वयं ही उस विषय को उठा दिया, "पिताजी, कभी-कभी मेरी जिह्वा मेरे मस्तिष्क का साथ नहीं देती। मैं जानती हूँ कि मुझसे चूक हुई है। कृपया मुझे क्षमा कर दीजिए। मैंने जो किया, वह मुझे नहीं करना चाहिए था—न राजकुमारी के रूप में, न सखी के रूप में। यह अस्वीकार्य है। यदि आप चाहें तो मैं देवयानी और उसके पिता से क्षमा माँग लूँगी।" वह रोने लगी।

राजा वृषपर्व बैठ गए और शुक्राचार्य ने उनसे जो कहा था, वह सब उसे बता दिया।

शर्मिष्ठा ने जो सोचा था, यह उससे बहुत अधिक बुरा था। वह रोती रही; किंतु अंत में अपने पिता की बात पर सहमत हुई। "यह सच है कि किसी राजकुमारी के लिए उसका राज्य उसके जीवन से अधिक मूल्यवान् होता है। चाहे कुछ हो जाए, मैं देवयानी की बात मानूँगी। कदाचित् मेरे साथ ऐसा ही होना चाहिए।" उसने कहा और वह देवयानी की दासी बनने के लिए तैयार हो गई।

इस प्रकार, देवयानी का विवाह राजा ययाति से हो गया और शर्मिष्ठा

उसकी दासी के रूप में उसके साथ उसके नए घर चली गई।

देवयानी ने ऐसी व्यवस्था कराई कि शर्मिष्ठा उसके पति और दरबार के अन्य कुलीनों की दृष्टि से दूर रहे। शर्मिष्ठा को मुख्य महल से दूर एक आवास में रखा गया था और समय के साथ उसे भुला दिया गया और वह अपना कर्तव्य निभाती रही।

राजा ययाति और देवयानी का वैवाहिक जीवन अच्छा नहीं था। वह हठी व क्रोधी थी और दोनों के बीच अकसर झगड़े होते रहते थे। समय के साथ उनके दो पुत्र हुए—यदु और तुर्वसु।

एक दिन राजा ययाति राजकीय उद्यान में टहल रहे थे, तभी बाहरी भवन में उन्होंने एक सुंदर दासी को काम करते देखा। उन्होंने पहले उसे कभी नहीं देखा था। उसके शालीन हाव-भाव ने उनकी उत्सुकता बढ़ा दी। अपने वस्त्रों के बावजूद वह दासी जैसी नहीं दिख रही थी। वह एक कुलीन महिला लग रही थी।

वे उसके पास गए और उससे पूछा, "कौन हो तुम?"

शर्मिष्ठा ने उन्हें प्रणाम किया और अपना परिचय देते हुए अपनी पूरी कहानी बता दी। राजा ययाति को उस पर दया आ गई। उन्हें वह बेहद आकर्षक, प्रिय और बातचीत में सहज लगी।

उस पहली भेंट के बाद राजा उससे कई बार मिले और उसे गुप्त विवाह का प्रस्ताव दे दिया।

उस समय तक शर्मिष्ठा को भी राजा अच्छे लगने लगे थे और अपनी आपत्तियों के बाद भी वह उनसे विवाह करने को सहमत हो गई। उन दोनों के तीन पुत्र हुए—द्रह्यु, अनु और पुरु।

कई वर्ष बीत गए, किंतु देवयानी अनजान थी कि उसके पति ने शर्मिष्ठा से भी विवाह कर लिया है।

एक दिन देवयानी के पुत्र—यदु और तुर्वसु मुख्य महल से कुछ दूर एक गेंद से खेल रहे थे। अचानक उनकी गेंद हवा में उछली और पास के एक छोटे से मकान के द्वार के सामने जा गिरी। चमकती आँखोंवाले तीन बालक

बाहर आए और गेंद यदु को लौटा दी।

देवयानी कुछ दूरी से अपने पुत्रों को देख रही थी। वहाँ से ही इन तीनों बालकों ने उसका ध्यान आकर्षित कर लिया। उसे लगा कि वे सामान्य सेवक नहीं हैं। इसलिए वह उनके पास आई और पूछा, "बच्चो, मैंने तुम्हें पहले कभी नहीं देखा। तुम्हारे माता-पिता कौन हैं?"

उनमें से एक ने उत्तर दिया, "मेरी माता शर्मिष्ठा हैं।"

तुरंत देवयानी को अपनी सहेली और दासी की याद आई, जिसे वह भूल चुकी थी।

"तुम्हारे पिता कौन हैं?" उसने पूछा।

उसी समय राजा ययाति का रथ पास आकर रुका। बालक ने उनकी ओर संकेत कर दिया।

देवयानी जैसे वहीं जम गई! 'इसका अर्थ है कि मेरे पति ने मेरी दासी और शत्रु शर्मिष्ठा से विवाह कर लिया है। क्या वह मेरे साथ ऐसा कर सकते हैं?' वह सोचने लगी। घृणा और क्रोध ने उसकी आँखों पर परदा डाल दिया।

वह अपने पति के पास पहुँची। "क्या यह सच है कि तुम इन तीनों लड़कों के पिता हो?" वह गरजी।

"हाँ।" ययाति ने उत्तर दिया।

एक शब्द कहे बिना देवयानी पलटी और अपने पिता के घर चली गई। उन्हें देखते ही उसकी आँखें भर आईं और वह फूट-फूटकर रोने लगी। उसने अपने पिता को बताया कि किस प्रकार ययाति ने उससे धोखा किया।

शुक्राचार्य ने उसे शांत करने का प्रयास किया, "चूक हो जाती है, देवयानी! अतीत को भूल जाओ और अपने पति तथा शर्मिष्ठा को क्षमा कर दो। उदारता दिखाओ और उन बच्चों तथा उनकी माता के साथ अच्छा व्यवहार करो। तुम पहली पत्नी हो, सम्मान और राजपाट तुम्हारे बच्चों को ही मिलेगा।"

किंतु देवयानी पर कोई असर नहीं हुआ। वह ययाति को दंड देना चाहती थी और उसने अपने पिता से विनती की, "मैं चाहती हूँ कि आप मेरे कपटी पति को शाप दें।"

"सोचो देवयानी, इसका तुम्हारे बच्चों पर क्या असर होगा?" शुक्राचार्य ने सलाह दी।

वह बोलती रही, मानो उसने कुछ सुना ही न हो—"उसे शाप दीजिए, ताकि वह अपना यौवन और अपना शरीर खो दे और तुरंत एक वृद्ध व्यक्ति बन जाए। फिर वह किसी स्त्री को आकर्षित नहीं कर सकेगा।"

एक बार फिर शुक्राचार्य अपनी पुत्री के मोह में फँस गए और अपनी यौगिक शक्तियों के प्रयोग से अपने दामाद को शाप दे दिया।

राजा ययाति को जब पता चला कि उसे इस शाप का सामना करना पड़ेगा तो वह भागा-भागा आया और शुक्राचार्य के चरणों में गिर पड़ा।

शुक्राचार्य को जब महसूस हुआ कि ययाति को कितना बड़ा मोल चुकाना होगा तो उन्हें दुःख हुआ। इसलिए अपनी दयालुता से उन्होंने शाप में थोड़ा परिवर्तन कर दिया। "तुम तुरंत वृद्ध हो जाओगे; किंतु कोई युवक यदि तुम्हारे बुढ़ापे से अपने यौवन की अदला-बदली करना चाहे तो तुम फिर से युवा हो जाओगे। जब तुम्हें लगे कि उपयुक्त समय आ गया है, तब तुम्हें इसे पलटना होगा और उस व्यक्ति को उसका यौवन लौटाकर अपने बुढ़ापे को स्वीकार करना होगा।"

राजा ययाति ने उन्हें प्रणाम किया और उस युक्ति के लिए उनका धन्यवाद दिया, जो उन्होंने सुझाई थी। 'मैं कुछ दिन और युवा रहना चाहता हूँ और जीवन का आनंद लेना चाहता हूँ।' उसने सोचा।

वह शुक्राचार्य के घर से इस आशा के साथ चला गया कि देवयानी का एक पुत्र कुछ समय के लिए अपना यौवन उसे देने पर सहमत हो जाएगा; किंतु दुर्भाग्य ऐसा कि यदु और तुर्वसु दोनों ने ही ऐसा करने से मना कर दिया।

ययाति को दोनों लड़कों पर क्रोध आ गया। "मैंने इस आशा के साथ तुम्हें पाला-पोसा कि समय आने पर तुम मेरे उत्तराधिकारी बनोगे; किंतु तुम अपने पिता के लिए थोड़ा भी त्याग करने को तैयार नहीं हो। मैं वचन देता हूँ, न तो तुम, न ही तुम्हारा वंश कभी किसी राज्य पर राज करेगा।"

आज यह एक जानी हुई बात है कि यदुवंशी, यानी यादवों ने कभी किसी राज्य पर राज नहीं किया। भगवान् कृष्ण इस वंश में पैदा हुए थे, किंतु कभी किसी सिंहासन पर नहीं बैठे। अपने पुरखों के इतिहास का ज्ञान होने और राजा बनने की योग्यता रखने के बाद भी कृष्ण ने अपने नाना उग्रसेन के राजतिलक का निर्णय लिया।

यदु और तुर्वसु से निराश होकर ययाति अपने उन पुत्रों के पास गए, जो शर्मिष्ठा से हुए थे। पुरु ने पिता को जानकर अपनी माँ से पूछा।

शर्मिष्ठा ने शांत मन से कहा, "अपने पिता की सहायता करना एक पुत्र का कर्तव्य होता है।"

पुरु समझ गया और उसने अपना युवा शरीर अपने पिता को दे दिया। तुरंत ही ययाति फिर से युवा हो गए, जबकि पुरु बूढ़ा हो गया।

कई वर्षों तक ययाति खुशी-खुशी जिए और अपने यौवन का आनंद उठाया। बहुत बाद में उन्हें मानव शरीर की निष्फलता का ज्ञान हुआ और उन्होंने पुरु से उसकी अदला-बदली कर ली। पुरु और उनके उत्तराधिकारी ही अंत में उस वंश के सम्राट् बने। पुरु के वंशजों को 'कुरु' के नाम से जाना गया, जिन्होंने हस्तिनापुर पर शासन किया और महाभारत के ऐतिहासिक युद्ध का कारण बने।

□

सच्चे प्रेम के दो तारे

अरुंधती ब्रह्मा के पुत्र ऋषि कर्दम और उनकी पत्नी देवहूति की नौ बेटियों में आठवीं पुत्री थीं। वह ऋषि पराशर की दादी और महाभारत के रचयिता वेदव्यास की परदादी थीं।

बालिका के रूप में अरुंधती का झुकाव शिक्षण और बौद्धिक वाद-विवादों की तरफ था। वह जब बड़ी हुईं, तब वसिष्ठ से विवाह किया, जो सप्तर्षियों में से एक थे।

> भारतीय ज्योतिष शास्त्र इन सात ऋषियों को सात तारों के रूप में देखता है, जबकि पश्चिमी जगत् उन्हें 'सप्तर्षि नक्षत्र' से जुड़ा हुआ मानता है। अकसर ऐसा माना जाता है कि 'अल्कोर' नाम का तारा अरुंधती का रूप है, जबकि उसका साथी 'मेजार' वसिष्ठ का रूप है।

विवाह के बाद अरुंधती शिक्षा ग्रहण करती रहीं। वह घर के कामकाज जल्द-से-जल्द समाप्त कर अपने पति की कक्षा में पहुँच जातीं, जहाँ वसिष्ठ अपने शिष्यों को शिक्षा दिया करते थे। वसिष्ठ तीन वेदों—यजुर्वेद, सामवेद और ऋग्वेद के विलक्षण व्याख्याता थे। शिष्यों के बीच गुरुकुल में उनकी कक्षा में शामिल होने की होड़ लगी रहती थी।

एक दिन वसिष्ठ अपने छात्रों को धर्म के विषय में बता रहे थे। अचानक अरुंधती ने उनसे पूछा, "यदि आप बुरा न मानें तो क्या आज मैं आपका स्थान ले सकती हूँ और यह पाठ इस कक्षा को पढ़ा सकती हूँ?"

वसिष्ठ अपनी पत्नी के अचानक किए गए आग्रह से चौंक गए। फिर भी सहमत हो गए। उन्हें यह देखकर सुखद आश्चर्य हुआ कि अरुंधती ने छात्रों को धर्म की अवधारणा एकदम स्पष्ट रूप से समझा दी।

कक्षा के बाद वसिष्ठ ने उनसे कहा, "तुम सच में मेरी साथी, मेरी अर्धांगिनी हो। तुमने मेरी शिक्षा और मन को समझ लिया है। आज के बाद कक्षा में तुम मेरी सहायता करोगी।"

ब्रह्माजी को जब यह बात पता चली तो वे प्रसन्न हुए और उन्होंने दिव्य गाय नंदिनी को वसिष्ठ के आश्रम भेज दिया, ताकि वह अरुंधती के कार्यों में उनकी सहायता कर सके। इससे अरुंधती को ज्ञान की शिक्षा देने के लिए अतिरिक्त समय मिल जाएगा।

एक दिन विश्वामित्र, जो तब एक राजा थे, अपने सैनिकों के साथ आखेट पर गए। आखेट के बाद उन्हें बड़ी प्यास लगी, किंतु कहीं भी पानी नहीं दिख रहा था। पूरा समूह वन में थोड़ा और आगे बढ़ा तो उन्हें वसिष्ठ का आश्रम दिखाई पड़ा।

विश्वामित्र ने अपने कुछ सैनिकों को आदेश दिया, "वह ऋषि घने वन में रहते हैं, इस कारण उनके पास खाने-पीने का सामान अधिक नहीं होगा। इसके अलावा हमारी संख्या बहुत अधिक है। इसलिए उनसे विनम्र आग्रह करो और पूछो कि क्या वे हमें थोड़ा जल दे सकते हैं?"

सैनिक आश्रम में गए और ऋषि वसिष्ठ को राजा के आग्रह की जानकारी दी।

वसिष्ठ और अरुंधती तुरंत राजा से मिलने बाहर आए और उन्हें अंदर आने का आमंत्रण दिया। वसिष्ठ ने कहा, "हमारी इस छोटी सी शरणस्थली में आपका स्वागत है, राजन्! आप अंदर विश्राम कीजिए। आपको और आपके सैनिकों को जो भी चाहिए होगा, हम उपलब्ध करा देंगे।"

कुछ ही देर में वसिष्ठ ने राजा के समूह के लिए अच्छे भोजन, फल और जल की व्यवस्था कर दी।

राजा ने कहा, "आपने हमारे लिए जो कष्ट उठाया, उसकी मैं प्रशंसा

करता हूँ; किंतु सबसे पहले यदि पर्याप्त जल हो तो मैं स्नान करना चाहूँगा। मेरे वस्त्र मैले हो चुके हैं और मेरे पास बदलने के लिए दूसरे वस्त्र भी नहीं हैं।"

"आप चिंता न करें।" वसिष्ठ ने कहा, "आपको सबकुछ मिल जाएगा।"

स्नान करने के बाद राजा को उनके राजसी पहनावे के अनुकूल वस्त्र दिए गए और सभी को भरपेट स्वादिष्ट भोजन कराया गया।

राजा को बड़ी उत्सुकता हुई। "हे ऋषिवर! आपने इतनी सारी चीजों का प्रबंध कैसे किया—राजकीय भोज से लेकर इतने अच्छे वस्त्र, वह भी इतने कम समय में?"

"भगवान् ब्रह्मा हम पर काफी दयालु हैं और उन्होंने हमारे आश्रम में हमारे अतिथियों की सेवा करने और अन्य कार्यों के लिए नंदिनी को भेज दिया है।" अरुंधती ने कामधेनु गाय की ओर संकेत करते हुए कहा, जो उनके सामने उद्यान में खड़ी थी। "वो रही! आप जो माँगिए, वह दे देती है।"

विश्वामित्र आश्चर्यचकित थे। 'कितनी शक्तिशाली गाय है!' वे सोचने लगे। 'किंतु वसिष्ठ एक सरल ऋषि हैं। वे मात्र भोजन और वस्त्र माँगकर नंदिनी का पूरा उपयोग नहीं कर रहे हैं। यदि वह मेरी होती तो मैं राज्य के विस्तार की दिशा में काम करता, अपने शत्रुओं का वध करता और अपने सैनिकों तथा अपनी प्रजा की सेवा करता।'

अपना ध्यान अरुंधती और वसिष्ठ की ओर मोड़ते हुए उन्होंने कहा, "ऋषिवर! मुझे लगता है, नंदिनी की आवश्यकता मुझे आपसे अधिक है। कृपया आप इसे मुझे सौंप दें। इसके बदले आप मुझसे जो भी माँगेंगे, मैं आपको दे दूँगा, चाहे वह सैकड़ों एकड़ भूमि हो, सैकड़ों गायें हों या सोने-चाँदी के ढेर। मैं सच में चाहता हूँ कि नंदिनी मेरे साथ रहे।"

वसिष्ठ मुसकराने लगे और कहा, "नंदिनी का स्वामी मैं नहीं। वह अपने ही मन और व्यक्तित्व की स्वामिनी है। वह ब्रह्माजी के यहाँ से हमारे पास इस शर्त पर आई है कि हम उसका प्रयोग केवल दूसरों की भलाई के लिए करेंगे,

न कि अपने लिए या अपनी इच्छाओं के लिए। वह हमारे लिए एक बड़ा वरदान है, क्योंकि अरुंधती और मैं अपने शिक्षण में व्यस्त रहते हैं और उसके बिना हमारा काम नहीं चलेगा। मैं हृदय से क्षमा चाहता हूँ, मैं उसे आपको नहीं दे सकता।"

राजा को बुरा लगा। 'इस ऋषि को मैं सबक सिखाऊँगा,' उसने सोचा। उसने अपने सैनिकों को आदेश दिया, "नंदिनी को अभी मेरे पास लेकर आओ। आवश्यक हो तो बल-प्रयोग करो। हम उसे राजधानी ले जाएँगे।"

नंदिनी ने जब यह सुना तो व्याकुल हो गई। वह विश्वामित्र की ओर मुड़ी और उन्हें देखने लगी। अचानक उसके सींग से हजारों सैनिक निकले और राजा के सैनिकों का वध करने लगे। कुछ ही देर में राजा के सभी सैनिक मारे जा चुके थे।

विश्वामित्र अपने अक्षम्य व्यवहार पर लज्जित हुए। उन्हें अनुभव हुआ कि अपने ज्ञान और विनीत स्वभाव के कारण वसिष्ठ उससे अच्छे व्यक्ति थे। राजा ने सोचा, 'मेरी सत्ता और शक्तियों का क्या लाभ, जब किसी सेना के बिना ही वसिष्ठ मुझसे अधिक शक्तिशाली हैं!'

इसलिए उन्होंने वसिष्ठ की ओर देखा और कहा, "आज के बाद मैं साम्राज्य विस्तार या धन इकट्ठा करने के लिए काम नहीं करूँगा। मैं ज्ञान प्राप्त करने का प्रयास करूँगा, जो सबसे शक्तिशाली धन होता है!"

यह कहकर विश्वामित्र ने अपने सिंहासन सहित सबकुछ त्याग दिया। कुछ समय बाद वे एक महान् और ज्ञानी ऋषि बन गए, हालाँकि वसिष्ठ के साथ उनकी स्पर्धा बनी रही और उन्हें कभी न तो परम ज्ञान प्राप्त हो सका, न ही करुणा की वह भावना, जो एक सच्चे ऋषि में होनी चाहिए।

विश्वामित्र की इच्छा थी कि वसिष्ठ उन्हें 'ब्रह्मर्षि' मान लें, जो सप्तर्षि के बाद किसी भी ऋषि के लिए सर्वोच्च पदवी होती है; किंतु वसिष्ठ ने ऐसा नहीं किया। इससे विश्वामित्र ने वशिष्ठ के शिष्यों को कष्ट देना शुरू कर दिया। फिर भी वसिष्ठ टस-से-मस नहीं हुए।

एक दिन विश्वामित्र रात के समय गुप्तचरी की मंशा से वसिष्ठ के

आश्रम में आए। इस प्रकार वे वसिष्ठ की शिक्षण सामग्री की जानकारी ले सकते थे और फिर उन्हें पीछे छोड़ सकते थे। अचानक ही उन्हें वसिष्ठ और अरुंधती की बातचीत सुनाई पड़ी।

"बेचारे विश्वामित्र ने इतना तप किया!" अरुंधती ने कहा; 'किंतु आज भी वे उस सर्वोच्च स्तर पर नहीं पहुँच सके हैं, जहाँ किसी ऋषि को होना चाहिए। इसका क्या कारण है?"

"सच कहूँ तो मुझे उनकी परवाह है और वे मुझे अच्छे लगते हैं, अरुंधती। किंतु उनकी भलाई के लिए ही मैं इसे स्वीकार नहीं करता हूँ। मैंने जिस पल स्वीकार किया, उसी पल वे ज्ञान प्राप्त करना छोड़ देंगे। उन्हें इसे आगे बढ़ाते रहना होगा। किसी ऋषि का सबसे बड़ा गुण उसकी करुणा होती है। अभी उन्हें लगता है कि ज्ञान से शक्ति मिलती है, जबकि सच यह है कि ज्ञान के साथ करुणा से सबसे बड़ी शक्ति मिलती है, जो मानवता के लिए सहायक होती है।"

यह सुनकर विश्वामित्र लज्जित हुए और उन्हें वसिष्ठ की बातों की गहराई का अनुभव हुआ। वे आश्रम से चले गए और ज्ञान प्राप्त करना जारी रखा।

अरुंधती और वसिष्ठ के साथ काफी समय बिताने के बाद नंदिनी वापस ब्रह्मलोक, यानी ब्रह्मा के निवासस्थान पर चली गई। इस बीच वसिष्ठ और उनके शिष्यों ने तप के लिए हिमालय जाने का निर्णय लिया, जबकि अरुंधती अन्य शिष्यों के साथ उनके लौटने तक आश्रम में ही रहीं।

वसिष्ठ और उनके शिष्यों के जाने के बाद राज्य में भयंकर सूखा पड़ा।

अपनी यौगिक शक्तियों से वसिष्ठ को इसके बारे में पता चला तो उन्होंने शिवजी से प्रार्थना की, "भोलेनाथ, कृपया मेरी पत्नी की रक्षा कीजिए, क्योंकि आश्रम में वह अकेले ही इन परिस्थितियों का सामना कर रही हैं।"

दूसरी ओर अरुंधती ने प्रार्थना की, "हे शिवजी! मेरे पति की रक्षा कीजिए। यहाँ रहकर मैं बच जाऊँगी, किंतु सोचती हूँ कि मेरे पति की क्या दशा होगी! मेरी प्रार्थना है कि तप के बाद वे शीघ्र लौट आएँ।"

कुछ दिनों के भीतर ही गुरुकुल को भी उस क्षेत्र में पड़े अकाल के कारण बंद कर दिया गया। अरुंधती अकेले ही आश्रम में रह रही थीं।

एक दिन एक बालक आश्रम के द्वार पर आया और अरुंधती से बोला, "हे माते! मैं भूखा हूँ। क्या आप बता सकती हैं कि ऋषि वसिष्ठ का आश्रम कहाँ है? मैंने सुना है, वह यहीं पास में कहीं है।"

"प्रिय पुत्र," अरुंधती ने कहा, "यही उनका आश्रम है; किंतु वे यहाँ नहीं हैं और उन्हें लौटने में काफी समय लग जाएगा, क्योंकि वे इस देश और यहाँ के लोगों की भलाई के लिए तप करने गए हैं। तुम्हें क्या चाहिए?"

"मैं बहुत दूर, हिमालय से आया हूँ। मेरे माता-पिता नहीं हैं और न मेरा कोई घर है। मैं यहाँ ऋषि से वेद की शिक्षा लेने के लिए आया हूँ; किंतु अफसोस कि वे यहाँ नहीं हैं। अब मैं क्या करूँगा?"

"तो फिर यहीं रह जाओ। यहाँ अकाल पड़ा है; किंतु मेरे पास जो कुछ है, मैं तुम्हें दूँगी। यदि तुम चाहो तो मैं तुम्हें शिक्षा भी दे सकती हूँ। ऋषि को लौटने में समय लग जाएगा, किंतु तुम चिंता मत करो। हम तब तक काम चला लेंगे।" अरुंधती ने उसे खाने के लिए थोड़ा सा भुना हुआ बीज दिया और चावल न दे पाने के लिए क्षमा माँगी।

इस प्रकार, वह बालक आश्रम में रहने लगा और प्रतिदिन शिक्षा ग्रहण करने लगा।

जैसे-जैसे दिन बीते, अरुंधती उस बालक को वेदों की शिक्षा देती रहीं और अपने पति तथा उनके शिष्यों की सकुशल वापसी की प्रार्थना करती रहीं।

अंत में वसिष्ठ अपने शिष्यों के साथ लौट आए। वे अपनी पत्नी को कुशल देखकर प्रसन्न हुए। "हे अरुंधती! शिवजी ने मेरी प्रार्थना सुन ली। उन्होंने तुम्हारी अच्छी देखभाल की!"

"पतिदेव, मैं भी प्रसन्न हूँ कि आप सुरक्षित लौट आए। भगवान् ने मेरी प्रार्थना भी सुन ली!"

वसिष्ठ ने उस नन्हे बालक को देखा। उन्होंने अपनी पत्नी से पूछा, "यह कौन है?"

अरुंधती ने जैसे ही ऋषि से बालक के आने और उसकी परिस्थितियों की बात समाप्त की, वैसे ही बालक बने भगवान् शिव अपने असली रूप में प्रकट हो गए। उन्होंने दोनों की ही प्रार्थना सुन ली थी। वे अरुंधती को देखकर मुसकराए।

"मेरा अहोभाग्य कि मैंने तुमसे वेदों की शिक्षा ग्रहण की। ऋषि वसिष्ठ के प्रति तुम्हारा प्रेम और समर्पण नैतिकता के किसी भी मापदंड से मापा नहीं जा सकता। समय आने पर तुम अपने पति के साथ आसमान का एक तारा बन जाओगी। सभी स्थानों पर रहनेवाले मनुष्यों के लिए तुम एक शाश्वत उदाहरण बनोगी और प्रत्येक विवाहित जोड़ा तुम्हें आदर से देखेगा।"

शिव वसिष्ठ की ओर मुड़े—"अरुंधती तुम्हारी सच्ची संगिनी हैं! ईश्वर तुम दोनों पर कृपा करें।" यह कहकर शिव अंतर्धान हो गए।

आज भी कुछ घरों में ऐसा संस्कार है कि नवविवाहित जोड़े को रात में अरुंधती और वसिष्ठ के तारों को दिखाया जाता है, ताकि वे उनके दांपत्य जीवन से प्रेरणा ले सकें। कभी-कभी बहुत पुराने दंपतियों को भी 'वसिष्ठ-अरुंधती' कहा जाता है, ताकि उनके प्रेम और एक-दूसरे के प्रति समर्पण का सम्मान किया जा सके।

आज, अरुंधती विवाह से संबंधित सतीत्व, समर्पण और सुख का पर्याय बन चुकी हैं और उन पर आधारित नाटकों का मंचन देश भर में होता है।

□

अमरत्व का शाप

बहुत समय पहले की बात है, जब नर और नारायण नाम के दो ऋषि धरती पर बसे लोगों के कल्याण के लिए तप कर रहे थे। उनका तप कठोर था और वे हिमालय पर बदरिकाश्रम में रहते थे।

जब देवराज इंद्र को अपने गुप्तचरों से यह सूचना मिली तो वे और चिंतित तथा पहले से कहीं अधिक असुरक्षित महसूस करने लगे। कहीं ऋषियों ने अपने तप के वरदान के रूप में इंद्र का सिंहासन माँग लिया तो क्या होगा? इसलिए उनकी तपस्या भंग करने के लिए उन्होंने एक षड्यंत्र रचा।

इंद्र के दरबार में एक से बढ़कर एक नर्तकियाँ या अप्सराएँ थीं, जैसे कि रंभा, तिलोत्तमा, पुष्पलता और मेनका। उन्होंने रंभा व पुष्पलता को बुलाया और उन्हें आदेश दिया, "तुम दोनों को ध्यान लगाकर बैठे दो ऋषियों नर व नारायण की तपस्या भंग करनी है। मैं इस प्रक्रिया में तीव्रता के लिए प्रेम के देवता मन्मथ को भी भेजूँगा।"

अप्सराओं ने सिर झुकाया और धरती पर उतर आईं। वहाँ मन्मथ ने दोनों ऋषियों के आसपास वसंत ऋतु का मनमोहक वातावरण बना दिया। खिलते पुष्पों, मधुर सुगंध, हरे-भरे पेड़ों, सुंदर तालाबों और चिड़ियों के चहचहाने से वह प्रेम के लिए एक आकर्षक स्थान बन गया। फिर भी ऋषियों ने अपनी आँखें नहीं खोलीं।

मन्मथ ने अप्सराओं से कहा, "मैंने अपना काम कर दिया है। मैं अब पिछली बार की तरह यहाँ खड़ा नहीं रहूँगा, जब मुझे शिव ने भस्म कर दिया

था। अब आगे का काम तुम दोनों का है।" यह कहते ही प्रेम के देवता प्रस्थान कर गए।

रंभा एवं पुष्पलता ने नृत्य करना और गाना आरंभ कर दिया; किंतु इसका कोई लाभ नहीं हुआ। नर व नारायण ध्यान लगाए रहे।

इंद्र के कोप से बचने के लिए वे नारायण के पास गईं और उनका स्पर्श किया। उन्होंने कहा, "हे ऋषि! आपको स्वर्ग जाने के लिए इस तप की आवश्यकता नहीं है। हम यहाँ आ गई हैं और आपके आसपास का यह स्थान ही अब स्वर्ग बन चुका है। अपनी आँखें खोलिए।"

नारायण का ध्यान भंग हो गया था। उन्होंने आँखें खोल दीं। उन्होंने जब अपने आसपास देखा और समझ गए कि क्या हो रहा है तो क्रोधित हो गए। "तुम दोनों का यहाँ हमारी अनुमति के बिना आने और ऐसा वातावरण बनाने का साहस कैसे हुआ, जबकि हमें इसमें कोई भी रुचि नहीं है?"

रंभा व पुष्पलता भय से काँपने लगीं और इस बीच नर ने भी आँखें खोल दीं। वे जानती थीं कि सिद्ध ऋषियों के पास इतना शक्तिशाली शाप देने की क्षमता होती है कि जीवन की पूरी दिशा ही उलटी हो जाए। तत्काल दोनों अप्सराएँ नारायण के चरणों में गिर पड़ीं और उनसे विनती करने लगीं, "हमें क्षमा कर दीजिए। हम आपको कोई क्षति पहुँचाना नहीं चाहती थीं; किंतु हम अपने जगत् के नियमों से बँधी हैं। हमारे स्वामी इंद्र ने हमें यहाँ आने का आदेश दिया था और हमें अपना कर्तव्य पूरा करना होगा। कृपा कर हम पर दया करें।"

नारायण को इंद्र पर बड़ा क्रोध आया। उन्होंने अप्सराओं से कहा, "मैं तुम्हारी स्थिति को समझ रहा हूँ; किंतु मैं इंद्र को क्षमा नहीं कर सकता। वह कायर है, जिसने अपनी अप्सराओं का प्रयोग अस्त्र के रूप में किया है।"

इंद्र, जो यह सबकुछ स्वर्ग में बैठकर देख रहे थे, भयभीत हो गए कि ऋषि अब उन्हें शाप देने ही वाले हैं। उन्होंने कई बार तप करनेवालों का ध्यान भंग करने के लिए सुंदर अप्सराओं को भेजा था। कभी-कभी उनकी योजना कारगर हुई, जैसे कि विश्वामित्र के मामले में, किंतु कभी-कभी उलटी भी पड़ी, जैसे कि अभी।

पलक झपकते ही इंद्र नर व नारायण के सामने प्रकट हो गए। "ऋषिवर, क्षमा चाहता हूँ।" उन्होंने हाथ जोड़कर कहा, "मुझे क्षमा कर दीजिए!"

"मैं धरती के लोगों के कल्याण के लिए तप कर रहा था।" नारायण ने कहा, 'किंतु तुम्हें सदैव यही लगता है कि कोई तुम्हारे सिंहासन के लिए ही ध्यान लगाता है। सच यह है कि हममें से अधिकांश को न तो अमरत्व की, न ही तुम्हारे सिंहासन की परवाह है। तुम इन असहाय स्त्रियों को हमें आकर्षित करने के लिए भेजते हो। ये स्वर्ग की सबसे सुंदर स्त्रियाँ होंगी; किंतु अपनी शक्तियों से मैं और अच्छी तथा इन सारी अप्सराओं से अधिक आकर्षक स्त्री की रचना कर सकता हूँ।"

यह कहते ही नारायण ने एक अति सुंदर स्त्री की रचना कर दी। निश्चित रूप से उसकी सुंदरता अलौकिक थी और ऐसी, जैसी इस संसार में कभी किसी ने नहीं देखी थी। वह जब आई और नारायण के चरणों को स्पर्श किया तो नारायण इंद्र की ओर मुड़े और कहा, "यह उर्वशी है, मेरी लौकिक पुत्री, जो मेरे तप से उत्पन्न हुई है। देखो जरा इसे! यह इस संसार की सबसे सुंदर स्त्री है और यह सभी अच्छे गुणों से संपन्न है। तुम्हें इसके जैसी दूसरी स्त्री नहीं मिलेगी।"

उसी क्षण इंद्र को लगा जैसे उनकी पत्नी शची और अन्य सारी अप्सराओं का रंग उर्वशी की सुंदरता के सामने फीका पड़ गया। उन्होंने ऋषियों के सामने सिर झुका लिया और कहा, "यदि आपकी अनुमति हो तो क्या मैं इसे अपने लोक में ले जा सकता हूँ? मैं इसे मुख्य अप्सरा बना दूँगा।"

नारायण मुसकराने लगे, "मैं एक ऋषि हूँ और तप करने के लिए मुझे अपनी पुत्री का साथ नहीं चाहिए। यदि इसकी इच्छा हो तो तुम इसे अपने साथ ले जा सकते हो।"

उर्वशी की सहमति से इंद्र उसे स्वर्ग में ले गए।

इंद्र के दरबार में जबरदस्त बहस छिड़ गई।

स्वर्ग में केवल वही रह सकते थे, जो अमर थे। उसके लौकिक शरीर में किसी मनुष्य को वहाँ प्रवेश की अनुमति कैसे दी जा सकती है? नहीं, वह तभी यहाँ आ सकती है, जब उसकी मृत्यु हो जाए और वह अपने मनुष्य रूप को त्याग दे।

यह बहस तब तक चलती रही, जब तक कि देवताओं ने अंत में उर्वशी को देख नहीं लिया। जैसे ही उन्होंने उसे देखा, तुरंत उसे अपने जगत् की नागरिकता देने पर सहमत हो गए, जिससे उसे देवताओं के सभी गुण मिल गए—अमरत्व, वेश बदलने की शक्ति, पल भर में यात्रा कर लेने की योग्यता तथा ऐसे ही अन्य कई गुण। भले ही उर्वशी मूल रूप से मनुष्य थी, किंतु वह स्वर्ग में हमेशा के लिए रह सकती थी।

आरंभ में उर्वशी संकोच किया करती थी। उसके पास देवताओं की शक्ति थी; किंतु उसका हृदय तो मनुष्य का ही था। वह किसी सच्चे जीव के साथ रहना चाहती थी और इस कारण इंद्र से आग्रह किया कि वे उसे कोई पालतू पशु रखने दें।

इंद्र हँसने लगे और बोले, "उसके लिए तुम्हें मेरी अनुमति की आवश्यकता नहीं है! प्रत्येक देवता की एक सवारी होती है, जो पशु के रूप में होती है। मेरी सवारी ऐरावत है, जो हाथी है; शिवजी के पास नंदी बैल है और भगवान् विष्णु के पास पक्षी गरुड़ है।"

उर्वशी ने निर्णय लिया कि वह एक भेड़ रखेगी। भेड़ इतनी कोमल और शांत थी कि उर्वशी के जीवन का एक अभिन्न अंग बन गई।

इस बीच भारतीय शास्त्रीय नृत्य के जनक भरत मुनि ने उर्वशी के अद्‌भुत नृत्य कौशल को देखा और इंद्र से कहा, "मैंने 'लक्ष्मी स्वयंवर' नाम का एक नाटक लिखा है। मैं एक उपयुक्त स्त्री की खोज में था, जो लंबे समय तक उसमें प्रमुख भूमिका निभा सके और मैंने उर्वशी में उसके सारे गुण देखे हैं। अपने रूप और गुण में वह लक्ष्मी के जैसी है। मुझे नहीं लगता कि उसके अतिरिक्त अन्य कोई इस भूमिका को निभा सकता है। क्या आप उसे इसकी अनुमति देंगे?"

"हाँ, क्यों नहीं! आपको अनुमति है।" इंद्र ने कहा और अपना आशीर्वाद दे दिया।

उर्वशी को जब पता चला कि उसे विख्यात भरत मुनि के नाटक में मुख्य भूमिका निभाने का अवसर मिल रहा है तो उसकी खुशी का ठिकाना नहीं रहा।

उर्वशी इस बात से अनजान थी कि 'केशी' नाम का एक असुर था, जो उस समय असुरों का राजा हुआ करता था। एक दिन उसके गुप्तचरों ने उर्वशी और उसके आकर्षक रूप के विषय में उसे बताया। तुरंत ही केशी उसे अगवा करने के लिए मचल उठा, क्योंकि उसे लगता था कि उसकी पत्नी उसके जैसी ही सुंदर होनी चाहिए।

वह जब उसे अगवा करने की योजना पर चर्चा कर रहा था, तभी यहाँ-वहाँ घूमते रहनेवाले ऋषि नारद ने प्रवेश किया और सारी बातों को सुन लिया। वे हँसने लगे और बोले, "केशी, मुझे लगता है, तुम्हें यह योजना छोड़ देनी चाहिए। उर्वशी स्वर्ग में रहती है और फिर, इंद्र के अनेक शक्तिशाली व सहायक मनुष्य साथी हैं। उदाहरण के लिए, चंद्रवंशी राजा पुरुरवा एक महान् योद्धा और देवताओं के मित्र हैं। यदि तुमने उर्वशी को अगवा किया तो बहुत बड़ा युद्ध छिड़ जाएगा। इसकी बजाय कोई अच्छी रणनीति बनाओ। कभी-कभी ऐसी अप्सराएँ स्वर्ग की सुंदर तसवीरों और सुख से ऊब जाती हैं। वैसे भी, वे अमर होती हैं और वर्षों तक वे सबकुछ देखती रहती हैं। इसलिए वे यहाँ आकर धरती की सुंदरता का आनंद उठाती हैं, जो उस लोक में उपलब्ध नहीं है। वे विभिन्न ऋतुओं के स्वाभाविक रूप से बदलने का आनंद लेती हैं और वैसे भोजन चखती हैं, जो मनुष्य के विकास और प्रयोगों से बदलते रहते हैं। उस अवसर का उपयोग उर्वशी से मिलने और उसके प्रति अपने प्रेम को व्यक्त करने के लिए करो। सच्चा प्रेम किसी भी स्त्री को आकर्षित कर लेता है।"

केशी को नारद की बात सही लगी और वह सहमत हो गया। उसने तय किया कि वह उर्वशी से मिलने के सही समय की प्रतीक्षा करेगा।

शीघ्र ही भरत मुनि ने 'लक्ष्मी स्वयंवर' नाटक का मंचन कुबेर के दरबार

में करने का निर्णय लिया। धन के देवता कुबेर ने कलाकारों को लाने के लिए अपना पुष्पक विमान भेज दिया।

रास्ते में उर्वशी और उसकी सहेलियों ने नीचे धरती की ओर देखा, जहाँ वर्षा ऋतु चल रही थी। आकाश में धुंध के बादल उड़ रहे थे और धरती हरी-भरी व लुभावनी दिख रही थी। उर्वशी को घर की याद आने लगी और उसने कहा, "चलो, थोड़ी देर के लिए यहाँ ठहर जाते हैं। हम धरती की सुंदर हरियाली का आनंद ले सकते हैं।"

सब सहमत हो गईं।

पुष्पक विमान को एक पहाड़ी चोटी पर उतारा गया। सभी बाहर निकलीं और आसपास की वादियों का आनंद लेने लगीं।

केशी ने उर्वशी से मिलने के लिए इस अवसर का लाभ उठाया। वह इतनी सुंदर थी कि वह जानता था कि वह उसे स्वीकार नहीं करेगी। इसलिए उसने उसे अगवा करने और उससे विवाह करने की अपनी पिछली योजना को लागू करने का निर्णय लिया। उसने अपने आप को एक बवंडर के रूप में बदला और उर्वशी को उसकी सहेलियों के बीच से उड़ा ले गया, जो सहायता के लिए चीखने-चिल्लाने लगीं। राजा पुरूरवा, जो वहाँ से जा रहे थे, उन्होंने चीख सुनी और केशी का पीछा करने लगे। देखते-ही-देखते दोनों के बीच भीषण लड़ाई छिड़ गई और केशी की हार हुई।

लड़ाई के बाद पुरुरवा ने उर्वशी को पहली बार अच्छी तरह देखा और उन्हें उससे प्रेम हो गया। उसकी सुंदरता कल्पना से परे थी। उर्वशी के मन में भी उनके प्रति प्रेम जाग गया, जबकि अपने जीवन में उसने न जाने कितने देवताओं और मनुष्यों को देखा था। भारी मन से दोनों अपने-अपने रास्ते चले गए। उर्वशी पुष्पक विमान से कुबेर के दरबार में चली गई और पुरुरवा अपने राज्य में वापस लौट आए।

हालाँकि उर्वशी दिन-रात पुरुरवा के विषय में सोचती रही और नाटक के लिए अपना अभ्यास अच्छी तरह से नहीं कर सकी। सबने सोचा कि यह कुछ समय की बात है, क्योंकि अप्सराओं को कभी किसी एक व्यक्ति

से इतना गहरा प्रेम नहीं होता; किंतु उर्वशी हृदय से मनुष्य थी और दूसरी अप्सराएँ उसकी भावनाओं को नहीं समझ सकीं।

मंचन के दिन दरबार नाटक देखने के लिए उत्साहित लोगों से अँटा पड़ा था, यहाँ तक कि विष्णु और लक्ष्मी भी पधारे थे। नाटक का रंगारंग आरंभ हुआ।

नाटक के चरमोत्कर्ष पर जब उर्वशी विष्णु के गले में हार डालने के लिए उठी, तब उसे यह कहना था, "इस संसार के सभी जीवों में—सुर, असुर और अन्य में से मैं विष्णु को वरमाला पहनाती हूँ।" लेकिन उर्वशी पुरुरवा के खयालों में खोई थी और उसने कहा, "मैं पुरुरवा को वरमाला पहनाती हूँ।"

सब-के-सब स्तब्ध रह गए और वहाँ सन्नाटा छा गया।

नाटक रोक दिया गया और भरत मुनि क्रोध से भर गए। उन्होंने कहा, "मैंने बरसों की प्रतीक्षा और खोज के बाद इतने अच्छे मुख्य कलाकार को ढूँढ़ा, यहाँ तक कि लक्ष्मी व विष्णु भी वहाँ आए और अपने जीवन का सही और सच्चा चित्रण देखा; किंतु तुमने एक मनुष्य का नाम लेकर सबकुछ नष्ट कर दिया। मैं तुम्हें शाप देता हूँ—स्वर्ग में रहने का अधिकार तुमसे छिन जाए और तुम मनुष्य बन जाओ और केवल पृथ्वी पर ही रहो। तुम कहीं और रहने के योग्य नहीं हो।"

कुछ ही क्षणों में उर्वशी ने अपने आप को एक मनुष्य के रूप में अपनी भेड़ के साथ धरती पर पाया।

उसे इस बात की थोड़ी भी जानकारी नहीं थी कि इस शाप से स्वर्ग में कितना हंगामा खड़ा हो गया। इंद्र को गहरा आघात लगा; किंतु उनमें इस शाप को पलटने की वीरतापूर्ण काररवाई का साहस नहीं था। उनके दरबार के सबसे बड़े रत्न को एक छोटी सी चूक के कारण छीन लिया गया था। वे भरत मुनि के पास पहुँचे और उनसे उर्वशी को क्षमा कर देने की विनती की। मुनि ने कहा, "ठीक है, मेरे पास एक समाधान है। उर्वशी जब भी गर्भवती होगी और उसके पति को बालक के विषय में सूचना मिलेगी तो वह मनुष्य नहीं रह जाएगी और तुम्हारे लोक में वापस चली जाएगी। वह बिलकुल वैसी ही हो जाएगी, जैसी पहले थी।"

न तो भरत मुनि ने और न ही इंद्र ने यह सोचा कि उर्वशी क्या चाहती थी? उन्होंने यह मान लिया कि हर कोई, यहाँ तक कि उर्वशी को भी, अमर होने और स्वर्ग में रहने में ही प्रसन्नता होगी।

इस शाप में परिवर्तन से अनभिज्ञ और यह भी कि धरती पर उसका अस्तित्व अस्थायी है, उर्वशी इस स्थिति में आकर खुश थी। उसे मनुष्य बनकर आनंद आ रहा था। पुरुरवा का फिर से साथ मिल जाने पर वह प्रसन्न थी। प्रेम में डूबे दोनों ने विवाह कर लिया और फिर एक हो गए।

इंद्र को जब पुरुरवा के साथ उर्वशी के इस प्रेमपूर्ण संबंध का पता चला तो वे दुःख और ईर्ष्या से भर गए। उनके गुप्तचरों ने कुछ-न-कुछ करने का निर्णय लिया और उन्हें बताए बिना ही उन्होंने रात में उर्वशी की भेड़ चुरा ली।

उर्वशी को अगली सुबह जब अपनी भेड़ नहीं मिली तो उसने स्वयं ही उसे ढूँढ़ने का निश्चय किया। उसे ढूँढ़ते हुए वह एक जंगल में प्रवेश कर गई, जो शिवजी के पुत्र कार्तिकेय का था। उसे यह ज्ञान नहीं था कि उस वन का एक विशेष नियम है—किसी भी स्त्री को वहाँ प्रवेश की अनुमति नहीं थी। प्रवेश करते ही उसे वहाँ से लौटने की मनाही हो गई और वह बंदी बना ली गई। उसने जब कार्तिकेय के सैनिकों से कहा कि उसे कार्तिकेय से मिलवा दें तो उन्होंने मना कर दिया और आग्रह करते-करते हारकर उर्वशी चुप हो गई।

इस बीच पुरुरवा स्वयं अपनी पत्नी को ढूँढ़ने निकल पड़े और पूरी शक्ति लगा दी। आखिर में एक संदेशवाहक आया, जिसने उन्हें बताया कि उर्वशी कार्तिकेय के वन में है। पुरुरवा कार्तिकेय से मिलने शीघ्र उस वन के लिए निकल गए और उनसे आग्रह किया कि वे उनकी पत्नी को मुक्त कर दें। दयालु कार्तिकेय पुरुरवा की शक्ति को जानते थे और उन्होंने उर्वशी को जाने की अनुमति दे दी।

इंद्र को जैसे ही उर्वशी को मुक्त किए जाने की सूचना मिली, उन्हें समझ आ गया कि अपनी पत्नी के प्रति पुरुरवा का प्रेम कितना गहरा था

और वे देवताओं की सेना के सेनापति कार्तिकेय से भी लोहा लेने में सक्षम थे। इसलिए उनके लिए यह उचित था कि यदि वह भेड़ भटककर चली आई थी तो उसे वापस भेज दें और इस कारण उन्होंने अपने सैनिकों को यही निर्देश दिया।

शीघ्र ही दंपती अपने सुखी जीवन में फिर से लौट आए। कुछ समय बाद उर्वशी को पता चला कि वह गर्भवती है। वह प्रसन्न हुई और अपने पति को शीघ्र-से-शीघ्र यह समाचार देने की प्रतीक्षा करने लगी; किंतु वह ऐसा करती, इससे पहले ही उसकी सहेली रंभा स्वर्ग से धरती पर आई और उसे एकांत में ले जाकर बताया कि कैसे शाप में परिवर्तन कर दिया गया था।

"उर्वशी, इस विषय में महाराज पुरुरवा को कुछ मत बताओ। यदि तुमने ऐसा किया तो उसके तुरंत बाद तुम्हें उन्हें छोड़ना होगा। यदि तुम उनसे वास्तव में प्रेम करती हो और उनके साथ रहना चाहती हो तो उन्हें बच्चे के विषय में कुछ भी मत बताओ।" उसने कहा।

उर्वशी पर दुःखों का पहाड़ टूट पड़ा। वह रोने लगी, "पति और बच्चे के साथ मैं सामान्य पारिवारिक जीवन क्यों नहीं जी सकती? अब तो मुझे दो असंभव से विकल्पों में से एक को चुनना होगा—यदि मैं पति के साथ रहना चाहूँ तो मुझे अपने बच्चे को छोड़ना होगा और यदि मैं अपने बच्चे को चुनती हूँ तो अपने पति को छोड़ना पड़ेगा।"

उर्वशी ने कितने ही जतन किए, किंतु उसे पति और अपने बच्चे, दोनों के साथ रहने का कोई रास्ता नहीं दिखा। उसके जीवन का रास्ता दूसरों ने तय कर दिया था और इन परिस्थितियों को बदलना उसके वश में नहीं था।

कई दिनों तक सोच-विचार के बाद उसने एक योजना बनाई। वह जानती थी कि च्यवन ऋषि और उनकी पत्नी सुकन्या अच्छे व धर्मनिष्ठ दंपती थे, जो पास के ही वन में रहते थे।

उर्वशी को जब लगा कि समय सही है, तब उसने अपने पति से कहा, "मैं कुछ समय च्यवन ऋषि और सुकन्या के साथ बिताना चाहती हूँ। कुछ महीने बिताना अच्छा रहेगा।"

"क्यों नहीं, प्रिय! हम दोनों साथ चलें?"

"नहीं, मैं वहाँ अकेले ही जाना चाहती हूँ, स्वामी! यह मेरी हार्दिक इच्छा है और फिर आपको राज-काज सँभालते हुए अपनी प्रजा की देखभाल करनी चाहिए।"

पुरुरवा हठी स्वभाव के पति नहीं थे, इस कारण उन्होंने अपनी पत्नी की इच्छा को मान लिया। वे बस, उसे प्रसन्न देखना चाहते थे।

उर्वशी च्यवन ऋषि एवं सुकन्या के पास पहुँची और उन्हें अपनी विचित्र स्थिति से अवगत कराया। वे दयालु थे और उन्होंने तब तक उसकी देखभाल की, जब तक कि उसने अपने पुत्र को जन्म नहीं दे दिया, जिसका नाम उसने 'अयूर' रखा। दु:खी मन से उसने अपने पुत्र को ऋषि दंपती को सौंपा और कहा, "आज के बाद यह बालक आपका है। कृपा कर इसकी देखभाल अपनी संतान के समान कीजिए और इसे ऐसी शिक्षा दीजिए कि यह बड़ा होकर एक अच्छा व्यक्ति बने। यह जन्म से राजकुमार है, इसलिए यदि आप इसे धनुर्विद्या की शिक्षा दें तो मैं आभारी रहूँगी। मैं नहीं जानती कि कब परिस्थितियाँ बदलेंगी, जिससे कि मैं आकर इसे वापस ले जाऊँ! इस समय मेरा पहला कर्तव्य अपने पति की देखभाल करना है।"

भारी मन और आँखों से छलके आँसुओं के साथ उर्वशी ने च्यवन आश्रम को छोड़ दिया और पुरुरवा के पास लौट आई, जिन्हें इसका ज्ञान नहीं था कि उनका पुत्र जन्म ले चुका है।

दस वर्ष बीत गए और उर्वशी को अपने पुत्र की याद आती रही।

स्वर्ग में इंद्र का धैर्य समाप्त हो रहा था और उर्वशी के न होने से वे दु:खी थे। उनका अनुमान था कि उर्वशी को अब तक उनके दरबार में लौट आना चाहिए था। मन-ही-मन उन्होंने कहा, 'मैं देख रहा हूँ कि पुरुरवा के साथ रहने के लिए उर्वशी अपने जीवन के एक बड़े हिस्से का त्याग कर रही है। यह कभी समाप्त नहीं होगा। उसे शीघ्र-से-शीघ्र यहाँ लाने के लिए मुझे कोई चाल चलनी पड़ेगी।'

उन्होंने अपने दो गुप्तचरों को बुलाया और उनमें से एक से कहा, "उर्वशी

गले में एक विशेष हार पहनती है। वह उसके पति ने उसे दिया है और वह परिवार का एक अनमोल रत्न है, जिसका बहुत बड़ा भावनात्मक मूल्य है। अगली बार जब वह अपने पति के साथ बाहर निकले और च्यवन के आश्रम के समीप हो, तब तुम एक गिद्ध का रूप लेना और उससे वह हार छीन लेना। फिर तुम जितनी ऊँचाई तक संभव हो, उड़ान भरना। शेष मैं देख लूँगा।"

इंद्र दूसरे गुप्तचर की ओर मुड़े और उससे कहा, "दरिद्र ऋषि के समान वस्त्र पहनो और ऋषि च्यवन के आश्रम में जाओ। अयूर का ध्यान भटकाओ और कुछ ऐसा करो कि वह गिद्ध को देख ले। शेष सबकुछ अपने आप ही हो जाएगा।"

जैसी योजना इंद्र ने बनाई थी, उसी के अनुसार मायावी गिद्ध ने अपने पति के साथ टहलने निकली उर्वशी के गले का हार झपटा और किसी को कुछ समझ आने से पहले आकाश में उड़ चला।

उसी समय एक दरिद्र ऋषि च्यवन के आश्रम में आए। उन्होंने अयूर को अपने धनुष-बाण से अभ्यास करते देखा। वे उसके पास आकर उससे बातें करने लगे। "क्या तुम बहुत दूर तक निशाना लगा सकते हो?" उन्होंने पूछा, "मुझे नहीं लगता कि दस वर्ष का एक बालक अधिक दूरी तक बाण चला सकता है!"

"मैं उससे भी दूर तक चला सकता हूँ।" अयूर ने बाल-सुलभ आत्मविश्वास के साथ कहा।

"सच में?"

अयूर ने हामी भर दी।

"ठीक है, आकाश में उड़ते गिद्ध को देख रहे हो? वह कुछ लेकर जा रहा है। यदि तुम कहते हो कि तुम इतने सिद्ध हो तो क्या तुम उस गिद्ध को धरती पर गिरा सकते हो और जो उसके पास है, उसे मुझे दे सकते हो?"

"यह तो मेरे बाएँ हाथ का खेल है।" बालक ने कहा और अपने अगले बाण को गिद्ध की ओर तान दिया।

इस बीच पुरुरवा घोड़े पर सवार होकर गिद्ध का पीछा कर रहे थे, ताकि

उसे मारकर नीचे गिरा सकें। उर्वशी उनके पीछे-पीछे आ रही थी, किंतु बहुत दूर रह गई थी। 'उस पक्षी ने मेरी पत्नी से उसका आभूषण छीनने का दुस्साहस कैसे किया ?' वे सोच रहे थे। उन्होंने लक्ष्य साधा और गिद्ध पर बाण चला दिया।

जैसी योजना इंद्र ने बनाई थी, उसी के अनुसार दो अलग-अलग धनुषों से एक ही समय पर दो बाण चलाए गए थे। दोनों ही बाण गिद्ध से टकराए, जिसने हार से अपनी पकड़ ढीली कर दी और लुप्त हो गया।

पुरुरवा और वह बालक—दोनों उस स्थान की ओर भागे, जहाँ वह हार गिरा था। अयूर पहले पहुँचा और उसने हार को उठा लिया। उसने इस प्रकार का चमकदार सोना पहले कभी नहीं देखा था। हैरानी के साथ वह सोचने लगा कि यह क्या है ? तभी पुरुरवा भी वहाँ पहुँचे और हार को अयूर के हाथ में देखा। राजा ने कहा, "सुनो बालक! उस गिद्ध को पहले मैंने मारा था। यह हार मुझे दे दो। वह मेरा है।"

"नहीं, पहला बाण मैंने मारा था, यहाँ तक कि पहले मैं यहाँ पहुँचा और हार को भी पहले मैंने ही देखा था। मैं इसे गुरु माँ को दूँगा। वे प्रसन्न होंगी।" उस बुद्धिमान बालक ने कहा।

"देखो बालक, लगता है, तुमने मुझे पहचाना नहीं। मैं पुरुरवा हूँ, शक्तिशाली राजा और महान् धनुर्धर! मेरा निशाना अचूक होता है।"

"धनुर्विद्या में मैं भी सिद्ध हूँ।" बालक ने उन्हें बीच में ही रोकते हुए कहा, "मेरा निशाना भी कभी चूकता नहीं।"

पुरुरवा ने उसे समझाने का प्रयास किया, "किंतु तुम वनवासी हो। यह हार तुम्हारे किस काम का हो सकता है ? यह मेरे परिवार का है। यदि तुम चाहो तो मैं तुम्हें भूमि और ढेर सारी गायें दे सकता हूँ।"

"किंतु मुझे वह सब नहीं चाहिए। मुझे यह हार ही चाहिए।"

धैर्य से पुरुरवा उसे समझाते रहे, किंतु अयूर ने उनकी एक न सुनी।

"सुनो बालक! अब तुम मुझे कठोर कदम उठाने पर विवश कर रहे हो। क्यों न मैं तुम्हें अपनी धनुर्विद्या का कौशल दिखा दूँ!" राजा ने अयूर की दिशा में बाण को साधते हुए कहा।

अयूर ने राजा को आँखें लाल कर देखा और कहा, "क्यों न मैं भी अपना कौशल दिखा दूँ!" उसने भी अपना बाण पुरुरवा पर तान दिया।

उसी समय सुकन्या और उर्वशी वहाँ पहुँचीं।

"रुक जाओ, अयूर!"

"ठहरिए, महाराज पुरुरवा!"

उर्वशी ने जैसे ही सुकन्या को देखा, वह समझ गई कि वह बालक कौन था और अपनी मुसकान को रोक नहीं पाई।

सुकन्या को लगा कि यह सही समय है। उसे सच बताना होगा। "तुम दोनों आपस में युद्ध नहीं कर सकते।" उसने कहा, "यह निषिद्ध है।"

"क्यों?" पुरुरवा ने पूछा।

"क्योंकि यह आपका पुत्र है, महाराज।" सुकन्या ने धीरे से कहा।

"तुम क्या कहना चाहती हो? तुम्हें कोई भ्रम हुआ है।"

अपने पति को अब उर्वशी ने उत्तर दिया, "दस वर्ष पहले मैं यहाँ आई थी और आपके पुत्र को जन्म दिया था; क्योंकि मुझे बताया गया था कि भरत मुनि ने मुझे जो शाप दिया था, उसमें परिवर्तन कर दिया है। बाद में देवराज इंद्र ने इस शर्त के साथ शाप में परिवर्तन की विनती की थी—यदि आपको कभी यह पता चला कि हमारी कोई संतान है तो मुझे इंद्र के दरबार में लौटना पड़ेगा। मैं जानती थी कि आप मेरे बिना नहीं जी सकते हैं और इस कारण मैंने अयूर के जन्म की बात आपसे छिपाई थी।"

"उर्वशी, तुमने मेरे लिए कितना बड़ा त्याग किया! यदि तुम मुझे बता देतीं तो मैं इंद्र से आखिरी साँस तक लड़ता।" पुरुरवा ने कहा।

किंतु वह अपना वाक्य पूरा कर पाते, उससे पहले ही उर्वशी अंतर्धान हो गई। वह इंद्रलोक में जा चुकी थी। यह पुरुरवा के लिए सबसे कष्टदायी क्षण था। अपनी आँखों में आँसू लिये उन्होंने अपने पुत्र अयूर को गले लगा लिया, साथ-साथ पिता और पुत्र ने च्यवन ऋषि एवं सुकन्या को अलविदा कहा और उर्वशी के बिना ही वे अपनी राजधानी लौट गए।

महल में आकर दिन-रात पुरुरवा को अपनी पत्नी की याद सताने लगी।

उसके बिना उनका जी पाना कठिन था। वे अपने पुत्र से प्रेम करते थे, किंतु उनके सूने हृदय को उर्वशी के अतिरिक्त कोई और नहीं भर सकता था। इंद्र के दरबार में उर्वशी अत्यधिक दुःखी थी और उसे हर क्षण अपने परिवार की याद सताती थी।

एक दिन पुरुरवा ने विचार किया, 'मैंने अनेक युद्धों में इंद्र की सहायता की है और उन्हें विजय दिलाई है। फिर भी उन्होंने मेरी पत्नी के साथ अच्छा नहीं किया। मैं अब और सहन नहीं कर सकता। मुझे उनसे युद्ध करना होगा और अपनी पत्नी को वापस लाना होगा। इंद्र के कारण ही मेरा परिवार कष्ट में है।"

यह मानकर कि ऐसा करना सही होगा, पुरुरवा ने अपने सैनिकों को युद्ध की तैयारी का आदेश दे दिया।

इंद्र को जब इसकी खबर मिली तो उन्हें लगा कि पुरुरवा से वे जीत नहीं पाएँगे। इसके अलावा, उनका एक मूल्यवान् साथी भी चला जाएगा। इस समस्या का सबसे अच्छा उपाय यही होगा कि उर्वशी को वापस धरती पर भेज दिया जाए। उनका एक रत्न छिन जाएगा, किंतु वह हृदय से मानवीय था और अपने परिवार के प्रति उसका प्रेम सच्चा था। अच्छा होगा कि उसे जाने दिया जाए। इसलिए इंद्र उर्वशी को लेकर पुरुरवा के पास पहुँचे और कहा, "मैं तुम्हारे और तुम्हारी पत्नी के बीच प्रेम से अभिभूत हूँ। लो, इसे सँभालो! अपने दृढ़ संकल्प के कारण इसने अयूर और उसके प्रति अपने वात्सल्य प्रेम को लंबे समय तक छिपाए रखा। मैं इसे आशीर्वाद देता हूँ। स्वर्ग में वास करने का इसका अधिकार बना रहेगा और जब चाहे, तब यह एक अप्सरा की अपनी शक्तियों का प्रयोग कर सकेगी।"

पुरुरवा ने इंद्र और अन्य देवताओं का उनके आशीर्वाद के लिए धन्यवाद दिया और एक समर्पित पत्नी तथा बुद्धिमान एवं तेजस्वी पुत्र पाकर धन्य हो गए।

इस कहानी पर आधारित कालिदास द्वारा लिखित 'विक्रमोर्वशीयम्' नाम का एक नाटक भी चर्चित है।

□

दुनिया का पहला प्रतिरूप

संज्ञा महान् अभियंता और वास्तुकार विश्वकर्मा की एक सुंदर कन्या थी। उनकी इच्छा थी कि संज्ञा का विवाह किसी शक्तिशाली देवता से हो, इसलिए उन्होंने उसे समझाया, "तुम्हारे लिए केवल तीन उपयुक्त वर हैं।" विश्वकर्मा ने अपनी पुत्री से कहा, "तीन, जो तुम्हारे जीवन को प्रकाशमान बना सकते हैं—विद्युत्, जो ऊर्जा के देवता हैं, अग्नि और सूर्य। बताओ बेटी, तुम इनमें से किससे विवाह करना चाहोगी?"

संज्ञा ने कुछ देर तक सोचा और फिर कहा, "विद्युत् क्षणिक होती है। यह केवल रात को वर्षा और मेघ की गर्जना के साथ आती है, यहाँ तक कि अग्नि भी जान-बूझकर प्रज्वलित करने पर ही उत्पन्न होती है। वहीं, सूर्य निरंतर इस संसार में बने रहते हैं और वह मनुष्य जाति की सहायता करते हैं। इसलिए सूर्य इन सबसे शक्तिशाली हैं। मैं उनसे ही विवाह करना चाहूँगी।"

बातचीत बढ़ी और शीघ्र ही धूमधाम से दोनों का विवाह कर दिया गया।

विवाह के बाद संज्ञा जब सूर्य के साथ रहने चली गई, तब उसे समझ आया कि उसने एक पति में जिन बातों की कल्पना की थी, वे सब उसमें थीं; किंतु उसने एक बात पर विचार किया ही नहीं था—उस बेहिसाब गरमी का, जो उससे निकली थी। सूर्य का तेज इतना अधिक था कि संज्ञा का उनके साथ रह पाना लगभग असंभव था।

अंत में उसने एक बहाना बनाया, ताकि वह अपने पिता के पास जाकर उनसे इस समस्या पर बात कर सके। उसने जब सारी बात उन्हें बताई, तब

विश्वकर्मा ने अपनी दक्षता से सूर्य की ऊर्जा को कम कर दिया। अप्रयुक्त ऊर्जा, प्रकाश और धूल से विश्वकर्मा ने तीन दिव्य वस्तुएँ बनाईं।

पहली वस्तु पुष्पक विमान थी, जिस वाहन से सभी लोकों तक पहुँचा जा सकता था। उसे धन के देवता कुबेर को सौंप दिया गया, हालाँकि लंका के राजा रावण ने उसे कुबेर से छीन लिया और बाद में सीता-हरण के लिए उसका उपयोग किया। रावण की मृत्यु के बाद वह वाहन विभीषण को मिल गया।

दूसरी वस्तु थी त्रिशूल, जिसे शिव के लिए बनाया गया था। संहारक शिव त्रिशूल को आवश्यकता पड़ने पर अपनी पत्नी पार्वती को दिया करते थे, जो उस अस्त्र से असुरों का वध करती थीं। अन्य समय पर शिव उसे अपने पास ही रखते थे। आज त्रिशूल को शिव और उनकी उपस्थिति के अभिन्न अंग के रूप में देखा जाता है।

अंतिम वस्तु थी चक्र, सुदर्शन चक्र, जिसे जगत् के पालनकर्ता भगवान् विष्णु को दिया गया। विष्णु को सदैव अपने हाथ में चक्र धारण किए दिखाया जाता है। पुराणों में उस चक्र को एक शस्त्र के रूप में बताया गया है, जिसकी दो पंक्तियों में 108 धारदार किनारे होते हैं, जो गोल-गोल और एक-दूसरे की विपरीत दिशा में घूमते हैं। अनेक हिंदू पौराणिक कथाओं में इसका वर्णन मिलता है—विष्णु ने इसका प्रयोग राहु और केतु का वध करने के लिए किया था, जो असुर थे, किंतु अमरत्व देनेवाले अमृत को प्राप्त करने के लिए देवता होने का ढोंग कर रहे थे। इसका उपयोग मंदराचल पर्वत को काटने और उसे मथानी का रूप देने के लिए भी किया गया था, जिसका उपयोग समुद्र-मंथन में किया गया था। उस चक्र का उपयोग विष्णु के दस अवतारों में से एक श्रीकृष्ण ने महाभारत में असाधारण परिस्थितियों में किया था। पहली बार श्रीकृष्ण ने उसका प्रयोग शिशुपाल की गरदन काटने के लिए किया था, जिसने युधिष्ठिर के राजसूय यज्ञ के समय उनका अपमान किया था और दूसरी बार उन्होंने उसके प्रयोग से सूर्यास्त का भ्रम पैदा किया था, ताकि महाभारत युद्ध में जयद्रथ का वध किया जा सके। अंतिम बार इसका प्रयोग

करते हुए श्रीकृष्ण ने योद्धा भीष्म को अपना विराट् रूप दिखाया था और अर्जुन को उस भीषण युद्ध में और उत्साह के साथ लड़ने की प्रेरणा दी थी।

विश्वकर्मा ने इन दिव्य वस्तुओं की रचना को अंतिम रूप दे दिया, तब संज्ञा आशा के साथ अपनी ससुराल लौट गई। इस बार संज्ञा को सूर्य की ऊर्जा में स्पष्ट कमी दिखी; किंतु अब भी वह उसे सहन नहीं कर पा रही थी। यदि वह फिर से अपने पिता के घर गई तो सूर्य कुछ दिनों बाद उसे फिर बुला लेंगे और उसके पिता यह कहकर उसे वापस भेज देंगे कि उसे अपने पति से बात करनी चाहिए। संज्ञा ने खूब विचार किया। वह एक सृजनशील अभियंता की बेटी थी और इतने वर्षों में अपने पिता से कुछ उपाय सीख लिये थे। इसलिए उसने अपना एक प्रतिरूप बनाने का निर्णय लिया; किंतु एक शर्त के साथ कि उसकी प्रतिरूप सूर्य की गरमी को आसानी से सह लेगी। अपनी प्रतिरूप को उसने 'छाया' नाम दिया और उसे निर्देश दिया कि वह एकदम उसके जैसा ही व्यवहार करे और सूर्य के साथ रहे।

> पुराणों में संज्ञा को ही प्रतिरूपिंग प्रतिरूप की अवधारणा बनाने और उसे सबसे पहले प्रयोग में लानेवाले व्यक्ति का श्रेय दिया जाता है।

संज्ञा ने जब प्रतिरूप तैयार कर लिया, तब वह अपने पिता के घर आराम करने और उनके साथ कुछ समय बिताने के लिए चली गई। वह इस बात से निश्चिंत थी कि सूर्य उसे वापस नहीं बुलाएँगे। उसने तय किया कि जब उसका मन होगा, तब वह वापस जाएगी।

उधर अपने घर में सूर्य को छाया और संज्ञा का अंतर पता नहीं चला और छाया उनके साथ रहने लगी। कुछ समय बाद छाया ने एक पुत्र को जन्म दिया और उसे 'शनि' नाम दिया। उसके जन्म का समाचार जब विश्वकर्मा को मिला, तब वे क्रोध से जल उठे और अपनी पुत्री के पास गए। अब संज्ञा के पास कोई चारा नहीं था और उसने अपने षड्यंत्र और उस प्रतिरूप के विषय में उन्हें सबकुछ बता दिया।

विश्वकर्मा पर तो जैसे वज्रपात हो गया। "पुत्री, तुमने बहुत बड़ा पाप

किया है। प्रतिरूप बनाने से प्रकृति और मानव जाति का संतुलन बिगड़ जाता है। ऐसा फिर कभी मत करना। अब तुम अपने पति के घर जाओ।"

अपने अपराध का अनुभव करते हुए संज्ञा अपनी ससुराल चली गई। उसने उस प्रतिरूप को नष्ट कर दिया और भीषण गरमी के बाद भी किसी प्रकार अपने पति के साथ रहने लगी। शनि को पता भी नहीं चला कि उसकी माता अब जीवित नहीं है और वह संज्ञा को ही अपनी माँ समझता रहा। समय बीता और संज्ञा ने जुड़वाँ बच्चों को जन्म दिया—यम और यमी—एक बेटा और एक बेटी।

शनि को मिलाकर अब सूर्य के तीन बच्चे थे, किंतु शनि हमेशा ही संज्ञा को छाया की याद दिलाता था और धीरे-धीरे उसके प्रति उसके मन में क्रोध रहने लगा। वह उसे उपेक्षित किया करती, जिससे कुछ समय बाद वह बालक अवसादग्रस्त हो गया। उसे पता भी नहीं था कि संज्ञा उसकी अपनी माँ नहीं है। उसे समझ नहीं आता था कि वह हमेशा उसे ही क्यों फटकारती रहती है! दूसरी तरफ सूर्य देवत्व से जुड़े अपने कार्यों में इतने व्यस्त थे कि उन्हें पता ही नहीं चला कि उनका पुत्र दुःखी और हताश है। कभी-कभी जब शनि को आलस्य घेर लेता, तब संज्ञा उसके व्यवहार से जुड़ी बातें अपने पति को बढ़ा-चढ़ाकर बताती। धीरे-धीरे पिता और पुत्र के बीच इससे एक खाई बन गई।

बच्चे जब युवावस्था में आए, तब सूर्य ने उन्हें अपने कक्ष में बुलाया और कहा, "तुम सब इतने बड़े हो गए हो कि कुछ और काम कर सको, इस कारण मैंने तुममें से हर एक को कोई-न-कोई दायित्व देने का निर्णय लिया है।"

यमी से उन्होंने कहा, "तुम बड़ी अच्छी पुत्री हो। जाओ और धरती पर यमुना नदी के रूप में प्रवाहित हो। तुम्हारा भाग्य जगेगा, क्योंकि कृष्ण के रूप में भगवान् विष्णु लंबे समय तक तुम्हारे ही आसपास पलेंगे-बढ़ेंगे। जो लोग तुम्हारे जल में डुबकी लगाएँगे, उनके पाप धुल जाएँगे और जो स्त्रियाँ दीवाली के त्योहार के समय तुम्हारे जल में स्नान करेंगी और अपने सहोदरों

के लिए प्रार्थना करेंगी, उनकी सारी इच्छाएँ पूरी हो जाएँगी। तुम्हारे जल में अनेक कछुए होंगे, जिनके कारण मंदिरों में तुम्हें कछुए के साथ एक स्त्री के रूप में दिखाया जाएगा।"

यमी ने अपना दायित्व सहर्ष स्वीकार किया और धरती के लिए निकल पड़ी।

फिर सूर्य यम की ओर मुड़े, "तुम्हें धर्म, यानी न्याय की रक्षा करनेवाले देवता के रूप में देखा जाएगा। तुम इस संसार पर निष्पक्षता से शासन करोगे। तुम सभी व्यक्तियों के अच्छे व बुरे कर्मों का लेखा-जोखा रखोगे और उनकी मृत्यु के समय तुम उसी के अनुसार दंड और पुरस्कार दोगे। प्रत्येक मनुष्य के प्रति अपने दायित्व को तुम किसी राग या द्वेष के बिना निष्ठा के साथ निभाओगे। तुम्हें ज्ञान प्राप्त हो। आज के बाद तुम्हें 'यमधर्म' कहा जाएगा।"

यमधर्म ने भी प्रसन्नता से अपना दायित्व स्वीकार कर लिया और मृत्युलोक के लिए चल पड़े, जहाँ मृत्यु के बाद सारी आत्माएँ चली जाती हैं।

अब सूर्य ने शनि को देखा और कहा, "तुम किसी काम के नहीं हो। मैं तुम्हें कोई दायित्व नहीं दूँगा।"

शनि को गहरा आघात लगा। उसे अपने पिता से ऐसे व्यवहार की आशा नहीं थी। उसने संज्ञा की ओर देखा। "माता, आप चुप क्यों हैं? सच-सच बताइए, मैं जब छोटा था, तभी से आपने मेरी देखभाल नहीं की। मैं जब भी पिता से झगड़ता हूँ तो आप रोकने का प्रयास नहीं करती हैं। आपके व्यवहार के कारण मैं हताश और निराशा व्यक्ति बन चुका हूँ। आप कैसी अभिभावक हैं? आपके जैसी माँ किसी की भी न हो।"

संज्ञा तिलमिला उठी। उसने बीच में टोकते हुए कहा, "तुमने अपनी माँ को भला-बुरा कहा है। इस संसार में माँ सबसे शक्तिशाली होती है, चाहे वह कैसी भी क्यों न हो! मैं तुम्हें शाप देती हूँ कि इसी समय तुम्हारे पैर लकवाग्रस्त हो जाएँ।"

तत्काल शनि धरती पर गिर पड़े, क्योंकि उनका एक पैर काम का नहीं रहा और उसके लकवाग्रस्त होने के लक्षण दिखने लगे।

संज्ञा की उग्रता से सूर्य हैरान रह गए। 'शनि का व्यवहार समझा जा सकता है। वह छोटा है और अभी संसार के तरीके सीख रहा है; किंतु एक माता अपने ही पुत्र को शाप कैसे दे सकती है?' उन्हें समझ नहीं आ रहा था।

उन्होंने संज्ञा को देखा और कहा, "तुमने जितनी क्रूरता और जितनी शीघ्रता से अपने ही पुत्र को शाप दे दिया, उससे मैं आश्चर्यचकित रह गया हूँ। तुम ऐसा कैसे कर सकती हो? उसे समझाना और धैर्य के साथ मार्गदर्शन करना तुम्हारा कर्तव्य है। अब मुझे लगने लगा है कि शनि के आरोपों में कुछ तो सच्चाई है। बताओ, यह सब क्या हो रहा है?"

संज्ञा, जो अपने हृदय में इस रहस्य को लंबे समय से छिपाए हुए थी, वह इसे और गुप्त नहीं रख सकी और छाया एवं उसके पुत्र शनि के विषय में सबकुछ बता दिया।

मातृहीन बालक के लिए सूर्य का हृदय करुणा से भर गया। "मेरे पुत्र, मुझसे बहुत बड़ी भूल हुई है। मैं अपने कर्तव्यों में कुछ अधिक ही व्यस्त रहने और संज्ञा व छाया के बीच अंतर को देख न पाने का दोषी हूँ; किंतु यह अक्षम्य है। सच तो यह है कि मेरी भूल के लिए तुम्हें बहुत कष्ट सहना पड़ा है। मैं संज्ञा के शाप को पलट दूँगा; किंतु तुम्हारे पैर में थोड़ी विसंगति रह जाएगी, क्योंकि मुझमें भी किसी माता के शाप को पूरी तरह समाप्त करने की शक्ति नहीं है। चलो, अब प्रयास करो और खड़े हो जाओ।"

शनि जैसे ही खड़े हुए, सूर्य ने कहा, "मैंने तुम्हारे भाई को मृत्यु के बाद निर्णय लेने का बहुत बड़ा दायित्व सौंपा है, जबकि तुम्हें मेरे पुत्र, मैं न्याय करने, दंड और पुरस्कार देने का उससे भी बड़ा दायित्व दे रहा हूँ, किंतु तुम ऐसा लोगों के जीवनकाल के समय ही करोगे, जिससे कि वे सीखें और अपने अंदर सुधार ला सकें। ग्रहों की प्रणाली में शनि के रूप में तुम्हारा एक अपरित्याज्य स्थान होगा। अपना कर्तव्य बिना किसी राग या भय के, ठीक अपने भाई यम के समान करो। लोगों के अहंकार पर तुम्हारा नियंत्रण होगा, जो उनके स्वभाव को वश में रखेगा, जिससे कि उन्हें समृद्धि प्राप्त होगी। तुम किसी को भी उसके कर्मों का फल भुगतने से नहीं छोड़ोगे, चाहे वह मनुष्य

हो, देवता हो या दैत्य। मुझे खेद है कि मैं अतीत को पलट नहीं सकता या तुम्हारे कष्ट दूर नहीं कर सकता; किंतु तुम्हें विश्वास दिलाता हूँ कि यह स्थान तुम्हें सबसे शक्तिशाली ग्रह बनाएगा।"

शनि चकित थे। "मुझे प्रसन्नता है कि सच सामने आ गया।" उन्होंने कहा, "इस सच्चाई के पता चल जाने से मुझे शांति और समाधान मिल गया है। पिताजी, मैं आपके आदेश का पालन करूँगा। मैं प्रत्येक व्यक्ति के जीवन में अधिकतम तीन बार आऊँगा और हर बार मैं उसके साथ साढ़े सात वर्षों तक रहूँगा। इसे 'साढ़े साती' कहा जाएगा। उस व्यक्ति को उतनी ही वेदना होगी, जितना कष्ट मुझे होगा; किंतु वे उस अनुभव से अधिक शक्तिशाली और पवित्र होकर निकलेंगे और उनके साथ मेरा व्यवहार करुणामय रहेगा। चूँकि हम दोनों में सदैव विवाद रहा है, इस कारण मैं किसी भी ज्योतिषीय कुंडली में उस घर में नहीं रहूँगा, जिसमें आप रहेंगे, ताकि आगे और कोई कठिनाई न हो।"

सूर्य इस बात पर सहमत हुए और शनि वहाँ से चले गए।

सूर्य का ध्यान अब अपनी पत्नी की ओर गया। संज्ञा के प्रति उनके मन में भारी आक्रोश था और इस कारण उन्होंने अपनी गरमी को इतना बढ़ा दिया कि वह अपने घर और अपने पति को छोड़कर जाने के लिए विवश हो जाए। संज्ञा इतनी लज्जित थी कि अपने पिता के घर नहीं जा सकती थी। सूर्य के साथ वह लंबे समय तक रह चुकी थी और उसके शरीर का तापमान बढ़ गया था। इसलिए वह हिमालय पर अकेले ही रहने के लिए चली गई। फिर भी, उसे भय था कि कोई उसे पहचान लेगा। इस कारण उसने अपना रूप बदलने और घोड़ी का रूप धरने का निर्णय लिया।

जैसे–जैसे समय बीता, सूर्य का क्रोध कम होता गया और वे शांत हो गए। उन्हें संज्ञा की याद आने लगी। 'मुझे लगता है, प्रतिरूप बनाने का एक वास्तविक कारण था, मेरी गरमी असहनीय है। मैं पूरे दिन गरम रहता हूँ। मुझे संज्ञा के सबकुछ सह लेने की आशा करने की अपेक्षा उससे बात करनी चाहिए थी। संभवतः मैं अब भी बदल सकता हूँ। मैं सुबह में सुखद हो सकता

हूँ और धीरे-धीरे दोपहर तक अपना तापमान अधिकतम कर लूँ और शाम होते-होते उसे कम कर दूँ, जिसके अंत में रात को मैं चला जाऊँ। निश्चित रूप से तब संज्ञा मेरे साथ आराम से रह सकेगी।'

सूर्य को लगा कि यही ठीक होगा और वे उसकी खोज में निकल पड़े। वह उन्हें कहीं नहीं मिली; किंतु वे सूर्य देव थे, इस कारण इस संसार में सबकुछ देख सकते थे। अंत में उन्हें पता चला कि उसने एक घोड़ी का रूप ले लिया है और हिमालय पर रह रही है। वे उसे वहाँ ढूँढ़ने निकल गए और एक घोड़े का वेश बना लिया।

संज्ञा ने जब उन्हें देखा तो उस बदले वेश में भी पहचान लिया कि वे उनके पति ही हैं। दोनों ने खुलकर बात की और सूर्य ने अपने विचार रखे। दोनों के बीच समझौता हुआ और कुछ समय तक उन्होंने हिमालय में रहने का निर्णय लिया।

जल्दी ही संज्ञा के दो घोड़े हुए, जिन्हें 'अश्विनी कुमार' (संस्कृत में 'अश्व' शब्द का अर्थ होता है—घोड़ा) कहा जाता है और फिर दोनों अपने घर लौट गए। ये जुड़वाँ भाई बड़े होकर स्वर्गलोक के चिकित्सक हुए और सूर्य के सुनहरे रथ को खींचनेवाले घोड़ों के मुख्य नियंत्रक बन गए।

सुबह-सुबह अश्विनी कुमार किरणों के रूप में आते हैं और फिर अपने काम पर चले जाते हैं। ऐसा माना जाता है कि सुबह की पहली किरणें चर्म रोगों को दूर करने में सहायक होती हैं।

□

सात उग्र माताएँ

यदि आप दक्षिण में चोल वंश के समय निर्मित मंदिरों में जाएँगे तो आपको समान आकार की सात देवियों की मूर्तियाँ देखने को मिलेंगी, जो सभी गर्भगृह के समीप विभिन्न प्रकार के अस्त्रों के साथ बैठी हुई मुद्रा में हैं, जिसे 'ललित आसन' कहा जाता है। इन मूर्तियों को 'सप्त मातृकाएँ', यानी 'सात माताएँ' कहा जाता है, जो दिव्य शक्ति की प्रतीक हैं। उनके नाम हैं—ब्राह्मी, वैष्णवी, कात्यायिनी, इंद्राणी, कौमारी, वराही और चामुंडा। यदि वहाँ आठवीं मूर्ति है तो वह योगीश्वरी या सरस्वती को दरशाती है।

ब्राह्मी ब्रह्मा की पत्नी हैं और उन्हें सदैव चार मुखोंवाली देवी के रूप में दिखाया जाता है, जो कमल पर विराजती हैं। सामान्य रूप से वे पीले वस्त्र धारण करती हैं और एक हाथ में कमंडलु तथा दूसरे में जपमाला लिये रहती हैं।

वैष्णवी या लक्ष्मी अपने पति विष्णु के समान ही एक हाथ में शंख तो दूसरे में चक्र लिये रहती हैं।

कात्यायिनी या रुद्राणी, जो शिव का स्त्री रूप हैं, उनके हाथ में त्रिशूल रहता है।

इंद्र की अर्धांगिनी इंद्राणी अस्त्र के रूप में वज्र धारण करती हैं, जिसे 'वज्रायुध' कहा जाता है।

छह मुखोंवाली और पीले वर्णवाली कौमारी मोर के वाहन की सवारी करती हैं और युद्ध के देवता कार्तिकेय का अस्त्र धारण करती हैं।

वाराही का शरीर काला है और उनका मुख शूकर यानी वराह के जैसा होता है। वे तलवार लिये रहती हैं और सामान्य रूप से किसी कल्पवृक्ष के नीचे पाई जाती हैं।

चामुंडा प्रसिद्ध चामुंडेश्वरी हैं, जो लाल साड़ी पहननेवाली, राक्षसों के मुंड की माला धारण करनेवाली देवी हैं, जिनके एक हाथ में त्रिशूल तो दूसरे में खोपड़ी होती है और उनके पैरों तले एक राक्षस को दिखाया जाता है।

सप्त मातृकाओं की कहानी विभिन्न पुराणों में मिलती है। ऐसा कहा जाता है कि अंधकासुर से युद्ध लड़ते समय शिव की सहायता से इन सात माताओं का सृजन हुआ था। शिव जब भी अंधक पर वार करते तो धरती पर उसके खून की एक भी बूँद के गिरते ही उसका प्रतिरूप जी उठता था। इससे हजारों अंधक पैदा हो गए, जिसके कारण शिव को एक ही असुर के अनेक रूपों से लड़ना पड़ रहा था। रक्त के प्रवाह को रोकने के लिए शिव ने अपने मुँह से निकलनेवाले अंगारों से देवी योगीश्वरी को बनाया। शिव को देख रहे देवताओं ने उनकी सहायता करने का निर्णय लिया और इस कारण उन्होंने अपनी समकक्ष देवियों की रचना की, जिनके पास अपने अस्त्र हों और उन्हीं अस्त्रों से वे युद्ध लड़ सकें। इस प्रकार, सात माताओं का यह समूह बना, जिसका नेतृत्व योगीश्वरी कर रही थीं। उन सभी ने एकजुट होकर अंधक के रक्त को धरती पर गिरने नहीं दिया। उससे पहले ही वे उसे पी लिया करती थीं। उसके कुछ ही समय बाद शिव ने उस राक्षस को पराजित कर दिया।

> इन देवियों की पूजा पूरे भारत में की जाती है, विशेष रूप से ओडिशा और पश्चिम बंगाल में, जहाँ उनके पेंट से बनाए चित्र मिलते हैं; जबकि देश के दक्षिणी हिस्से में अकसर उनकी मूर्तियाँ पाई जाती हैं।

□

एक पत्ते का भार

समुद्र-मंथन से प्राप्त रत्नों में से एक पारिजात वृक्ष भी था। अंततः उसे इंद्र के राजकीय उद्यान में लगाया गया था। इसकी विशेषता यह थी कि इसकी लाल डालियों पर असामान्य रूप से सफेद फूल लगते थे, जो सुबह में सूरज की पहली किरण से बहुत पहले ही खिल जाते थे। सूरज की किरण जैसे ही वृक्ष पर लगे फूलों पर पड़ती, वैसे ही वे धरती पर गिर जाते थे।

एक दिन कृष्ण और उनकी पत्नी सत्यभामा इंद्र से मिलने गए, जो उन दोनों को देखकर बहुत प्रसन्न हुए। देवराज ने अपने विशेष अतिथियों की खूब आवभगत की। इंद्र की पत्नी शची, सत्यभामा को अपनी वाटिका में ले गई और उन्हें पारिजात के फूल दिखाए। उन्हें देखते ही सत्यभामा को उनकी सुंदरता और सुगंध ने मोह लिया।

जैसे ही अवसर मिला, सत्यभामा ने कृष्ण से कहा, "हमें इस वृक्ष की एक शाखा अपने घर ले चलनी चाहिए। स्वामी, आपका क्या विचार है?"

"हमें अपने आतिथेय से अधिक कुछ नहीं माँगना चाहिए।" उन्होंने कहा और बात वहीं समाप्त हो गई।

उनके घर लौट आने के बाद सत्यभामा निरंतर उन फूलों के विषय में सोच रही थी।

कुछ दिनों बाद इंद्र ने उपहार के रूप में पारिजात के कुछ पुष्प कृष्ण को भिजवाए, जो उन्हें उस समय मिले, जब वे अपनी दूसरी पत्नी रुक्मिणी के कक्ष में थे। उन्होंने उन पुष्पों को रुक्मिणी को दे दिया।

घुमक्कड़ और सबको इधर-उधर के समाचार सुनानेवाले नारद मुनि ने यह देखा और चुपचाप सत्यभामा के कक्ष में चले आए। "तुम मुझे बताओ। क्या तुम्हें लगता है कि कृष्ण अपनी सभी आठ रानियों से समान रूप से प्रेम करते हैं?"

सत्यभामा को नारद की कानाफूसी कर झगड़े कराने के स्वभाव की जानकारी थी, इसलिए उन्होंने घमंड से कहा, "नहीं, वे ऐसा नहीं करते। वे सबसे अधिक प्रेम मुझसे करते हैं।"

नारद खिलखिलाने लगे। "यदि ऐसा है तो हे भोली-भाली स्त्री! मैंने श्रीकृष्ण को पारिजात के पुष्प रुक्मिणी को देते कैसे देखा? पारिजात के पुष्प अभी-अभी इंद्रलोक से आए हैं।"

सत्यभामा को क्रोध आ गया और वह पूरी तरह खिन्न हो गई। 'कृष्ण जानते हैं कि मुझे उन फूलों से कितना प्रेम है, किंतु उन्होंने उन्हें रुक्मिणी को दे दिया! वे रुक्मिणी को मुझसे अधिक प्रेम कैसे कर सकते हैं?' उसने सोचा। नारद को विदा करने के बाद वह उस कोप भवन में चली गई, जिसे विशेष रूप से रानियों के क्रोध प्रकट करने के लिए बनाया जाता था। वहाँ जाकर सामान्य रूप से वे अपने आभूषण उतार देती हैं, अपने बाल खोल लेती हैं और सीधे धरती पर सोती हैं। 'रामायण' में कैकेयी ने ऐसा ही किया था और सत्यभामा ने भी वही किया।

कृष्ण जानते थे कि क्या हुआ, फिर भी उन्होंने अनजान बनने का अभिनय किया। उन्होंने कोप भवन के द्वार को खटखटाया। जब कोई जवाब नहीं मिला तो उन्होंने कहा, "भामा, द्वार खोलो।"

सत्यभामा अब तक क्रोध में थी और उसने अपने पति को तंग करने का निर्णय लिया। "कौन है?" उसने पूछा, "आधी रात हो चुकी है और मैं अनजान लोगों के लिए द्वार नहीं खोलती।"

"मैं वही महान् मछली हूँ, जिसने इस संसार की और वेदों की रक्षा की।" उन्होंने उत्तर दिया। कृष्ण बता रहे थे कि किस प्रकार उन्होंने विष्णु के पहले अवतार मत्स्य का रूप लिया था।

"अच्छा, आप युगों-युगों तक जल में रह चुके हैं, इस कारण आपसे समुद्र के जैसी दुर्गंध आ रही होगी। मैं आपके लिए द्वार नहीं खोल सकती।"

कृष्ण ने फिर कहा, "मैं वह भी हूँ, जिसने समुद्र-मंथन के समय इस संसार का भार उठाया था। चलो, अब द्वार खोल दो।" वे कूर्म (कछुए) की बात कर रहे थे, जो विष्णु का दूसरा अवतार था।

"महल में हमारे पास भार उठाने का कोई काम नहीं है। तुम जहाँ से आए हो, वहीं चले जाओ।" उन्हें ठोस उत्तर मिला।

"मैं वह जंगली वराह हूँ, जिसने शक्तिशाली हिरण्याक्ष का वध किया और इस संसार की रक्षा की। द्वार खोल दो, भामा!"

सत्यभामा भी उतनी ही हठी थी। उसने कहा, "जंगली वराह बड़े खतरनाक होते हैं। तुम्हारे लिए मैं कैसे द्वार खोल सकती हूँ? वैसे भी, मैं एक कोमल स्त्री हूँ।"

"मैंने अपने भक्त प्रह्लाद के कष्ट को समझा और उसके लिए सिंह के मुखवाला व्यक्ति बनकर आया। द्वार खोल दो।"

"मुझे सिंह से या उसके खूँखार होने का डर नहीं लगता, फिर भी मैं तुम्हें अंदर आने नहीं दूँगी।" सत्यभामा ने कहा।

कृष्ण को इस बातचीत में आनंद आ रहा था और वे मुसकराने लगे। "मैं वही हूँ, जो एक सामान्य, युवा और बुद्धिमान बालक बनकर बलि को पराजित करने आया था। चलो भी, अब और हठ मत करो।'

"सच तो यह है कि तुमने महान् सम्राट् बलि के साथ अपनी बुद्धि से छल किया और बाद में तुम उनके अंगरक्षक बन गए। तुम पर विश्वास नहीं किया जा सकता! मैं ऐसे व्यक्ति के लिए द्वार नहीं खोलूँगी।"

अंत में उन्होंने कहा, "हे भामा, मैं तुम्हारा प्रिय पति कृष्ण हूँ। क्या अब तुम मेरे लिए द्वार खोलोगी?"

भामा ने द्वार खोल दिया। उसे अब क्रोध नहीं था, किंतु उसे जलन हो रही थी कि कृष्ण ने पारिजात के पुष्प उसे नहीं दिए।

"यदि आप सच में मुझसे प्रेम करते हैं तो आपको मेरी वाटिका में

पारिजात का वृक्ष लगाना होगा। मैं नहीं जानती कि इसके लिए आपको क्या करना होगा! जब तक मैं उस वृक्ष को यहाँ नहीं देख लेती, तब तक न मैं कुछ खाऊँगी, न पीऊँगी।" उसने अपने पति से कहा।

इस बीच नारद अभी और संकट खड़ा करने में जुटे थे। वे इंद्र के पास गए और कहा, "कृष्ण आपके पास पारिजात वृक्ष माँगने आ रहे हैं। उनकी पत्नी सत्यभामा किसी भी स्थिति में उसे पाने पर अड़ गई हैं।"

इंद्र परेशान हो गए। 'सत्यभामा एक दिव्य वृक्ष को धरती पर ले लाने की बात कैसे कर सकती हैं? यदि कृष्ण उसे माँगते हैं तो मैं उन्हें दे दूँगा; किंतु एक शर्त पर कि जो शाखा मैं दूँगा, वह धरती पर लगाने के बाद फूल नहीं देगी।'

आशा के अनुसार ही कृष्ण इंद्र के पास आए। उन्होंने अपने मित्र से कहा, "भामा को इस दिव्य वृक्ष की इच्छा है। मैं जानता हूँ कि मेरा आग्रह उचित नहीं है, फिर भी क्या आप इसे उसके लिए दे पाओगे?"

इंद्र ने उन्हें सावधान किया, "मैं आपको एक शाखा दूँगा, जो वृक्ष का रूप तो ले लेगी, किंतु उस वृक्ष पर कभी फूल नहीं लगेंगे।"

कृष्ण ने शर्त को स्वीकार कर लिया और शाखा लेकर सत्यभामा के पास आ गए। वह अत्यधिक प्रसन्न हुई और उसे अपनी वाटिका के एक कोने में लगा दिया, जिसकी दीवार रुक्मिणी के घास के मैदान से सटी थी। वह सोच रही थी, 'रुक्मिणी को वे फूल मात्र एक दिन के लिए मिले, किंतु कुछ ही दिनों में वे मुझे हर दिन मिला करेंगे। श्रीकृष्ण सच में मुझसे अधिक प्रेम करते हैं!"

पेड़ बड़ा हो गया और सत्यभामा ने उसकी अच्छी देखभाल की; किंतु समय बीतने के साथ ही उसने देखा कि न तो एक भी फूल उस पर खिला, न ही वाटिका के उसकी ओर के हिस्से में गिरा। पेड़ दीवार के उस पार रुक्मिणी के हिस्से की ओर झुका था, जबकि फूल देनेवाली शाखाएँ उसकी ओर थीं। हर दिन सत्यभामा पेड़ को सींचती, किंतु फूल रुक्मिणी को मिल रहे थे। इससे सत्यभामा आगबबूला हो गई।

अगले दिन नारद उसके पास आए तो उसने नारद से पूछा, "हे ऋषिवर! मैं कृष्ण से सबसे अधिक प्रेम करती हूँ। वे मेरे लिए वह वृक्ष लेकर आए, जो मैं चाहती थी; किंतु इसका लाभ रुक्मिणी को मिल रहा है। इसका अर्थ क्या है?"

नारद मुनि मुसकराए। "यह सच है कि तुम श्रीकृष्ण से प्रेम करती हो, किंतु रुक्मिणी उन्हें पूजती हैं। उनका प्रेम पवित्र और किसी आशा के बिना है और उनका यही गुण कृष्ण को अधिक आकर्षित करता है। यही कारण है कि कृष्ण को 'रुक्मिणी वल्लभ', यानी रुक्मिणी के पति के नाम से भी जाना जाता है।"

अंत में सत्यभामा को अपनी गलती का अहसास हो गया।

कई महीने बीत गए और एक दिन नारद फिर से सत्यभामा से मिलने आए। वे कुछ थके हुए दिख रहे थे।

सत्यभामा ने उनसे पूछा, "क्या बात है, आप इतने थके हुए क्यों दिख रहे हैं?"

"हे सत्यभामा! मैं अभी-अभी रुक्मिणी के महल से आ रहा हूँ। वह महारानी और एक राजकुमारी हैं। निश्चित रूप से उनका हृदय विशाल है। अपने पति के कल्याण के लिए उन्होंने मुझे कुछ दान दिया है और वह बोरी बहुत भारी है। इस कारण ही मैं थक गया हूँ।" नारद ने यह जानते हुए कहा कि इससे सत्यभामा भड़क जाएगी।

तुरंत ही सत्यभामा ईर्ष्या और क्रोध से भर गई। "मुनिवर, मैं राजकुमारी नहीं, किंतु मेरे पिता भी धनी थे। मैं भी अपने पति के हित के लिए दान दे सकती हूँ।"

"हाँ, तुम्हारे पिता स्यमंतक मणि के स्वामी थे और तुम भी किसी राजकुमारी से कम नहीं हो।" नारद ने कहा।

"धन की कोई समस्या नहीं है, सत्यभामा! क्या मैं जो भी माँगूँ, तुम मुझे दे सकती हो? हो सकता है, इससे तुम्हारी स्थिति रुक्मिणी से अच्छी हो जाए और तुम्हें प्रसिद्धि भी मिले!"

"ऋषिवर, आपको जो चाहिए, माँग लीजिए। मैं आपको अवश्य दे दूँगी। मैं वचन देती हूँ।" सत्यभामा ने आगे बढ़ते हुए कहा, "चलिए, माँगिए।" अधीर होते हुए उसने कहा।

"अच्छा तो फिर दान में मुझे अपने पति को दे दो। रुक्मिणी तो ऐसा कभी नहीं करेगी।" नारद ने कहा।

"क्यों नहीं! वचन तो वचन होता है।" सत्यभामा ने बिना सोचे झट से कह दिया।

तत्काल नारद ने श्रीकृष्ण को बुलाया और उन्हें दान की बात बताई।

कृष्ण मुसकराए और बोले, "मेरा अस्तित्व अपने लिए तो है ही नहीं। मेरी पत्नी जो भी कहेगी, मैं उससे सहमत हो जाऊँगा।"

नारद ने जल माँगा और क्षण भर सोचे बिना ही सत्यभामा ने जल व तुलसी के साथ रस्म पूरी की और कृष्ण को दान के रूप में नारद को दे दिया।

नारद ने अब कृष्ण को देखा और कहा, "आप अपने आभूषण और मूल्यवान् वस्त्र उतार दीजिए और सामान्य वस्त्र पहन लीजिए। मेरी बोरी उठाइए और मेरे साथ चलिए।"

सत्यभामा चौंक गई। "मेरे पति से इस प्रकार बात मत कीजिए। वे आपके दास नहीं हैं। वे आपके पीछे-पीछे क्यों जाएँगे? आपके पास तो उनके रहने के लिए कोई स्थान भी नहीं है। फिर उनकी देखभाल कौन करेगा?"

"तुम्हें मुझसे इस प्रकार के प्रश्न पूछने का अधिकार नहीं है।" नारद ने दृढ़ता से कहा, "तुमने कृष्ण को मुझे दान में दे दिया है। वे अब मेरे हो चुके हैं। मैं उनका स्वामी हूँ। अब मैं जहाँ चाहूँ, उन्हें ले जा सकता हूँ। मैं उन्हें वापस भेजूँ या न भेजूँ, यह मेरी इच्छा और किए जानेवाले कार्य पर निर्भर करेगा।"

अब जाकर सत्यभामा को अपनी गलती का अहसास हुआ। ईर्ष्या और क्रोध के क्षण में उसने अपने अहंकार को शांत करने के लिए अपने पति को नारद मुनि को सौंप दिया था।

यह समाचार जंगल की आग के समान कृष्ण की अन्य पत्नियों तक

पहुँचा और वे सत्यभामा को ढूँढ़ती हुई आ पहुँचीं। कुछ में भय व्याप्त था तो कुछ रो रही थीं, जबकि कुछ क्रोध से जल रही थीं। सबने सत्यभामा को जमकर खरी-खोटी सुनाई, "तुम्हारा साहस कैसे हुआ कि तुम हमारे पति को दान में दे दो? वे कोई वस्तु नहीं, जीवित व्यक्ति हैं। यही नहीं, वे केवल तुम्हारे नहीं हैं, वे अपने माता-पिता, अपनी अन्य पत्नियों और भक्तों के भी हैं। कृष्ण सभी के हैं। यह तुमने क्या किया?"

सत्यभामा डर गई और नारद से विनती करने लगी, "हे ऋषिवर! कृपया मुझे क्षमा कर दीजिए। मैंने घोर अपराध किया है। कृष्ण अकेले मेरे नहीं हैं। कृपया उन्हें हम सभी को लौटा दीजिए।"

"मैं श्रीकृष्ण की अन्य रानियों के कष्ट को समझ सकता हूँ।" नारद ने बोलना शुरू किया, "उनके दुःखों पर विचार करते हुए मैं कृष्ण को लौटा दूँगा, यद्यपि दान दिया जा चुका है और इसे वापस नहीं लिया जा सकता। इसलिए मुझे इसके बदले कुछ-न-कुछ लेना होगा। सत्यभामा, संभवतः तुम मुझे कृष्ण के देह-भार जितना सोना दे दो तो मैं उन्हें लौटा दूँगा।" वे कृष्ण की ओर देखने लगे।

कृष्ण के चेहरे पर रहस्यमय मुसकान थी। निश्चिंत हुई सत्यभामा ने विश्वास के साथ उत्तर दिया, "क्यों नहीं! मैं सत्राजित् की बेटी हूँ, इसलिए आपको सोना देने में मुझे कोई समस्या नहीं होगी।"

सत्यभामा ने सबसे अधिक भारवाला तराजू मँगवाया और एक पलड़े पर श्रीकृष्ण को बिठा दिया, फिर दूसरे पलड़े पर सोना रखने लगी; किंतु कृष्ण का पलड़ा अब भी धरती से सटा था। जब अपने पास पड़ा सारा सोना उसने रख दिया तो अनेक भारी-भरकम सोने के पात्र रखने शुरू किए, जो उसे अपने पिता से मिले थे। फिर भी वह कृष्ण के बराबर वजन का सोना नहीं जुटा पाई। उसके बाद उसने अपने शरीर से सारे गहने उतार दिए और उन्हें भी रख दिया, किंतु दोनों पलड़ों का भार अब भी बराबर नहीं हुआ। आखिर में, सत्यभामा के पास कुछ भी नहीं बचा।

इस घटना को देखकर सब चकित-विस्मित थे।

नारद ने कहा, "तुमने मेरी शर्त पूरी नहीं की, सत्यभामा! मुझे कृष्ण को अपने पास ही रखना होगा। हे गोपाल, उठिए और चलिए मेरे साथ।"

सत्यभामा असहाय होकर कृष्ण को देखने लगी।

कृष्ण नारद की ओर देखकर मुसकराए, जो सत्यभामा की ओर मुड़े और उससे कहा, "मैं तुम्हें एक अवसर और दूँगा। तुम रुक्मिणी को बुलाकर उनकी सहायता ले सकती हो।"

पहले तो सत्यभामा ना-नुकुर करती रही। 'रुक्मिणी इस संकट से मुझे कैसे निकाल सकती है?' उसने सोचा, 'उसके पास थोड़ा सा भी धन नहीं है! वह अतिरिक्त सोना देकर मेरी सहायता कैसे कर सकती है? किंतु मेरे पास कोई और विकल्प नहीं है और मैं सच में कृष्ण को वापस लाना चाहती हूँ।' इसलिए उसने रुक्मिणी को देखा और पूछा, "बहन, क्या तुम यहाँ आकर मेरी सहायता करोगी?"

रुक्मिणी पास की वाटिका में गई और तुलसी का एक पत्ता लेकर लौटी। उसने कहा, "यदि श्रीकृष्ण के प्रति मेरी भक्ति सच्ची है तो अब तराजू के दोनों पलड़े बराबर हो जाएँगे।"

रुक्मिणी ने तुलसी का पत्ता सावधानी से उस पलड़े पर रखा, जिस पर सोना था और सब यह देखकर चकित रह गए कि वह पलड़ा कृष्ण की ओर वाले पलड़े के बराबर उठ गया। अब तराजू का काँटा संतुलन को दिखा रहा था।

"कृष्ण, अब आप उतर सकते हैं।" नारद ने कहा। फिर उन्होंने सत्यभामा से कहा, "भक्ति अधिकार जताने से अधिक महत्त्व रखती है। कृष्ण के लिए रुक्मिणी का प्रेम किसी शर्त के बिना है और इसके चलते ही पलड़ों का भार समान हो गया।"

सत्यभामा ने लज्जा से सिर झुका लिया और वचन दिया कि वह फिर कभी इस मूल्यवान् सबक को नहीं भूलेगी।

□

बिना भगवान् का मंदिर

एक समय की बात है, जब विश्वावसु नाम का जनजातीय कबीले का एक सरदार था, जो इच्छा पूर्ण करनेवाले देवता नील माधव की मूर्ति की पूजा करता था। विश्वावसु की जनजाति नीले-भूरे रंग की चट्टानोंवाले 'नीलाद्रि' या 'नीलांचल' नाम के पर्वत के समीप रहती थी, जो आज के ओडिशा राज्य में पड़ता है।

उन दिनों ओडिशा को 'कलिंग' के नाम से जाना जाता था और उस विशाल साम्राज्य पर इंद्रद्युम्न नाम का राजा राज कर रहा था। राजा को जब पता चला कि उस मूर्ति में भगवान् अपने शक्तिशाली रूप में विद्यमान हैं तो उसकी इच्छा उस मूर्ति को अपने राज्य में स्थापित करने की हुई और इस कारण उसने विश्वावसु को संदेश भिजवाया।

हालाँकि विश्वावसु ने राजा के आदेश को ठुकरा दिया। "ये हमारे देवता हैं और हम इन्हें अपने आप से दूर नहीं भेज सकते।" उसने कहा।

इंद्रद्युम्न किसी भी प्रकार से देवता को प्राप्त करना चाहता था और उसने यह काम अपने बुद्धिमान छोटे भाई विद्यापति को सौंप दिया।

पुजारी का वेश धारण कर विद्यापति उस जनजाति के बीच पहुँचा तो उसे पता चला कि मूर्ति जंगल के सबसे सुदूर हिस्से में एक गुफा के अंदर सुरक्षित रख दी गई है। विश्वावसु जानता था कि राजा के मन में उस मूर्ति को पाने की कितनी गहरी इच्छा है और वह देवता के पास छिपते-छिपाते जाता था। विद्यापति ने मूर्ति का ठिकाना जानने का भरपूर प्रयास किया, किंतु उसका

पता नहीं चल सका। विश्वावसु बेहद चालाक था और देवता का सटीक ठिकाना केवल उसके कुछ विश्वासपात्र लोग ही जानते थे।

विद्यापति ने सोचा, 'मुझे सरदार के निकटतम लोगों के बीच अपनी पैठ बनाने का उपाय ढूँढ़ना होगा।' उसने षड्यंत्र रचना शुरू कर दिया।

विश्वावसु की ललिता नाम की एक अति सुंदर बेटी थी और विद्यापति यह जानता था कि नील माधव की मूर्ति तक पहुँचने का रास्ता उससे होकर जा सकता है। इसलिए विद्यापति ने ललिता को इतना लुभाया कि वह उससे प्रेम कर बैठी और उससे विवाह करने का हठ किया। विश्वावसु स्नेही पिता था और उसने अपनी बेटी के आग्रह को स्वीकार कर लिया। जल्दी ही दोनों का विवाह कर दिया गया।

फिर भी विद्यापति को मूर्ति के दर्शन नहीं हुए। समय बीता और नए माहौल में विद्यापति ने देखा कि उसका ससुर हर पखवाड़े पर गायब हो जाता था और अगली सुबह लौट आता था। इसमें अवसर की संभावना दिखते ही विद्यापति ने अपनी पत्नी से कहा, "ललिता, मैं तुम्हारा पति हूँ, इस कारण मैं कुलदेवता की पूजा करना चाहता हूँ। क्या तुम मुझे नील माधव के पास ले चलोगी?"

भोली-भाली ललिता ने अपने पति पर विश्वास कर लिया और अपने पिता के पास जा पहुँची। पहले तो उसने उसके आग्रह को ठुकरा दिया, किंतु ललिता ने जब हठ की तो उसने आखिर में कहा, "मैं तुम्हारे पति की आँखों पर पट्टी बाँध दूँगा और फिर उसे देवता के पास ले जाऊँगा। फिर मैं उसकी पट्टी हटा दूँगा और वह देवता की पूजा कर सकता है। उसके बाद मैं फिर से उसे पट्टी बाँध दूँगा और यहाँ वापस ले आऊँगा।"

विद्यापति इस समाचार को सुनकर प्रसन्न हुआ। अवसर उसके हाथ लग चुका था। पंद्रह दिन बाद जब विश्वावसु उसे गुफा तक पट्टी बाँधकर ले गया, तब विद्यापति अपने साथ एक थैली में सरसों के बीज भरकर ले गया और थैली के नीचे एक छोटा सा छेद कर दिया। बीज धीरे-धीरे गुफा तक पूरे रास्ते गिरते गए। वहाँ विद्यापति ने देवता की पूजा की और योजना के अनुसार

वापस लौट आया। फिर उसने वर्षा ऋतु की प्रतीक्षा की, जो बस, शुरू ही होने वाली थी। जल्दी ही भारी वर्षा के साथ सरसों के बीज अंकुरित होने लगे और पीले-पीले फूल हवा में लहराने लगे। जब सही समय आया, तब विद्यापति सरसों के पौधों के सहारे गुफा तक पहुँच गया। उसने नील माधव को चुराया और तेजी से पुरी नगर को लौट गया।

जैसे ही राजा इंद्रद्युम्न को अपने भाई के आने की सूचना मिली, वह उससे इस आशा के साथ मिलने पहुँचा कि देवता के दर्शन हो जाएँगे, किंतु अफसोस, वह मूर्ति कहीं दिखाई नहीं दे रही थी! ऐसा लगा, जैसे वह लुप्त हो गई हो!

राजा को घोर निराशा हुई। "मैं तब तक दम नहीं लूँगा, जब तक कि देवता को देख न लूँ!" उसने गरजते हुए कहा, "मैं आमरण उपवास करूँगा।"

अचानक आकाशवाणी हुई, 'वह प्रतिमा रेत में दबी है। तुम कल उसके दर्शन कर सकते हो।'

अगले दिन पौ फटने पर राजा समंदर के किनारे की ओर दौड़ पड़ा, हालाँकि उसे वहाँ मात्र लकड़ी का एक लट्ठा मिला। फिर से हुई आकाशवाणी ने राजा से कहा, 'स्वर्ग के रचनाकार विश्वकर्मा की प्रार्थना करो। वे तुम्हारी सहायता करेंगे।'

और इस कारण इंद्रद्युम्न ने सच्चे मन से प्रार्थना शुरू कर दी। वह जब प्रार्थना कर रहा था, तब एक रहस्यमय बूढ़ा व्यक्ति वहाँ आ पहुँचा। उसका व्यक्तित्व अलौकिक और स्वभाव शांत था। उस व्यक्ति ने इंद्रद्युम्न से कहा कि वह लकड़ी के उस दिव्य लट्ठे को जगन्नाथ (विष्णु का रूप), बलभद्र (कृष्ण के भाई बलराम) और सुभद्रा (कृष्ण की बहन) की तीन मूर्तियों में बदल देगा।

हालाँकि वृद्ध व्यक्ति की एक शर्त थी, "हे राजन्, मैं आपकी सहायता करूँगा, किंतु मुझे अपना काम द्वार बंद करके करना होगा। कोई भी तब तक मेरे काम में बाधा न डाले, जब तक कि मेरा काम पूरा न हो जाए। काम पूरा होते ही मैं स्वयं द्वार खोल दूँगा।"

राजा इंद्रद्युम्न हर्षित हुए और उन्होंने इस शर्त को मान लिया।

काम का आरंभ हुआ और कुछ महीने बीत गए। न तो एक बार भी द्वार खुला, न ही भोजन का कोई आग्रह किया गया। यही नहीं, अंदर से कोई आवाज भी नहीं आ रही थी! इंद्रद्युम्न और उसकी पत्नी, जो रानी थी, दोनों की चिंता बढ़ गई। 'कहीं उस बूढ़े व्यक्ति की मृत्यु तो नहीं हो गई?' रानी ने आशंका जताई।

"चलो, द्वार खोलते हैं।" उसने राजा से कहा।

पहले तो राजा ने विरोध किया, किंतु बहुत देर तक मनाने के बाद वे मान गए। सैनिकों ने द्वार खोला और बलपूर्वक अंदर प्रवेश कर गए तो देखा कि मूर्तियाँ अब तक पूरी नहीं हुई हैं। राजा, जो अपने सैनिकों के साथ अंदर आ गए थे, उन्होंने देखा कि वहाँ वह बूढ़ा व्यक्ति नहीं है, पर उसके स्थान पर उसने विश्वकर्मा को देखा। तुरंत ही उसे समझ आ गया कि स्वर्ग के वास्तुकार ही उन मूर्तियों के निर्माण में जुटे थे।

"तुम्हारी मूर्खता के कारण मुझे अपना कार्य अधूरा छोड़ना पड़ रहा है। अब ये मूर्तियाँ ऐसे ही बिना हाथोंवाली रहेंगी।" विश्वकर्मा गरजे, "हालाँकि भगवान् जगन्नाथ इतने दयालु हैं कि अब भी राज्य पर अपना आशीर्वाद बनाए रखेंगे।"

विश्वकर्मा अंतर्धान हो गए और लकड़ी की अधूरी मूर्तियाँ कमरे के गर्भगृह में रह गईं।

आज यदि आप ओडिशा के जगन्नाथ मंदिर में जाएँगे तो देखेंगे कि तीनों मूर्तियों के हाथ नहीं हैं।

भले ही मूर्तियाँ अधूरी रह गईं, किंतु इंद्रद्युम्न अब भी इसके लिए आभारी था कि भगवान् राज्य के प्रत्येक व्यक्ति की सुरक्षा को सुनिश्चित करेंगे। उसने कहा, "जो भी कलिंग राज्य पर राज करेगा, उसे यह याद रखना होगा कि इस साम्राज्य का स्वामी वह नहीं है। स्वामी हैं भगवान् जगन्नाथ और हम उनके

सेवक हैं। अपने मन की सच्ची भावनाओं को व्यक्त करने के लिए प्रत्येक राजा को रथों के वार्षिक त्योहार को, जिसे हम रथयात्रा कहेंगे, अपने हाथों रथ को साफ करना होगा।"

इंद्रद्युम्न के बाद आनेवाली पीढ़ियों ने इस निर्देश का पालन किया। उन शासकों में से एक साहसी राजकुमार पुरुषोत्तम देव था, जो साम्राज्य का एक शक्तिशाली और न्यायप्रिय राजा था। राजकुमार का राजपरिवार जगन्नाथ को अपना स्वामी मानता था। अपनी विनम्रता और स्वामीभक्ति को व्यक्त करने के लिए राजकुमार प्रतिवर्ष रथ को सोने की झाड़ू से बुहारता था, जो संसार और उसकी प्रजा के लिए यह संदेश था कि वह भगवान् का मात्र एक सेवक भर है।

कुछ समय बाद उसने सुंदर पद्मावती के विषय में सुना, जो कांचीपुरम् की राजकुमारी थी और अपने अधिकारियों के माध्यम से उसने उससे विवाह का प्रस्ताव भिजवाया, किंतु राजकुमारी क्रोधित हुई और उसने भरे दरबार में कहा, "मैं किसी शाही मेहतर से विवाह कैसे कर सकती हूँ, जो सोने की झाड़ू से धरती को बुहारता है ?"

तुरंत यह बात राजकुमार तक पहुँची और उसने राजकुमारी को सबक सिखाने का निर्णय ले लिया। उसने कांचीपुरम् पर आक्रमण किया और राजा को पराजित कर दिया। पद्मावती को बंदी बनाया और उसे पुरी ले आया। उसने वहाँ से और कुछ भी नहीं लिया।

राजधानी में आकर और राजकुमारी को देखे बिना ही राजकुमार ने अपने महामंत्री को आदेश दिया, "कृपया इस बात को सुनिश्चित करें कि उस अहंकारी राजकुमारी का विवाह किसी मेहतर से जितनी जल्दी संभव हो, कर दिया जाए।"

उनका भाग्य अच्छा था कि कलिंग का महामंत्री एक बुद्धिमान व्यक्ति था। वह जानता था कि कभी-कभी लोग क्रोध में परिणाम को समझे बिना बोलते और काम करते हैं। पद्मावती ने निश्चित रूप से सबके सामने

राजकुमार का अपमान कर गलती की थी, किंतु उसे इतना कठोर दंड नहीं मिलना चाहिए। इसलिए महामंत्री ने राजकुमार से छिपाकर उसके रहने की व्यवस्था सुरक्षित स्थान पर कर दी। उसने उसे दूसरों के प्रति विनम्र और दयालु बनना सिखाया। समय के साथ पद्मावती ने उस बुद्धिमान महामंत्री से काफी कुछ सीख लिया और उसे अपने अनुचित व्यवहार पर पछतावा हुआ।

अगले वर्ष रथयात्रा के समय राजकुमार एकदम सफेद वस्त्रों में सोने की झाड़ू लेकर पहुँचा। हमेशा की तरह ही उसने रथ को जल्दी-जल्दी बुहारना शुरू किया। अचानक उसके पास एक सुंदर युवती आई और इससे पहले कि वह कुछ सोचता, उसने राजकुमार को माला पहना दी।

राजकुमार वहीं-का-वहीं खड़ा रह गया। उसने उससे पूछा, "युवती, तुम कौन हो? मुझे माला पहनाने का तुमने साहस कैसे किया?"

राजकुमारी ने लजाते हुए धीमे स्वर में कहा, "अब मैं आपकी पत्नी हूँ, क्योंकि मैंने विवाह के लिए आवश्यक रस्मों में से एक को कर दिया है।"

राजकुमार क्रोध से भर गया।

उसी समय महामंत्री ने हस्तक्षेप किया, "राजन्, यह पद्मावती है, कांचीपुरम् की राजकुमारी!"

राजा उसके विषय में लगभग भूल ही गया था। "मैंने तुमसे कहा था कि इसका विवाह किसी मेहतर से करा दो।" वह मंत्री पर चिल्लाया, "अब तक इसका विवाह क्यों नहीं हुआ?"

महामंत्री शांत रहा। "किंतु, राजन्, मैंने आपका आदेश पूरा कर दिया। आपके हाथ में सोने की झाड़ू है और आपने अभी-अभी रथ को साफ किया है। आप भगवान् के लिए निश्चित रूप से एक मेहतर ही हैं और अब उसका विवाह आपसे हो चुका है।"

इन सारी घटनाओं से राजकुमार आश्चर्य में पड़ गया। उसे लगने लगा कि उसके महामंत्री ने सही निर्णय लिया है और उसने पद्मावती को क्षमा कर दिया।

मंत्री ने आगे कहा, "प्रिय राजकुमार! आप फिर कभी क्रोध या शीघ्रता

में कोई काम मत कीजिएगा। ऐसे महत्त्वपूर्ण निर्णय, जिनसे लोगों का जीवन प्रभावित होता है, उन पर ध्यान और ज्ञान से सोच-विचार करना चाहिए। भगवान् जगन्नाथ आप दोनों की रक्षा करें और आप सदैव प्रसन्न रहें।"

आज भी पुरी में राजपरिवार का मुखिया प्रतिवर्ष रथयात्रा के आरंभ से पहले रथ को सोने की झाड़ू से बुहारता है। यात्रा में तीन रथ होते हैं—एक कृष्ण के लिए, दूसरा बलभद्र और तीसरा सुभद्रा के लिए। लकड़ी के देवताओं को रथों पर रखा जाता है और सड़क के आखिर में उन्हें गुंडीचा मंदिर में उनकी मौसी के घर ले जाया जाता है, जहाँ मूर्तियों को एक सप्ताह तक रखा जाता है और फिर वे अपने घर लौट आते हैं। यह भारत का एकमात्र ऐसा मंदिर है, जिसके देवता पूरे एक सप्ताह तक मंदिर में नहीं रहते हैं।

□

हाथी के पेट में सैनिक

यह कहानी भास नाम के प्राचीन भारतीय नाटककार के लिखे संस्कृत नाटक 'स्वप्नवासवदत्ता' से ली गई है।

वत्स देश का राजा उदयन युवा, सुंदर, दयालु और धार्मिक स्वभाव का था। वह वीणा बजाने में प्रवीण था, जिसे 'घोषवती' कहा जाता था। उस यंत्र को वह इतनी अच्छी तरह बजाता था कि जब वह वन में उसे बजाता तो उसके संगीत को सुनने हाथी चले आते थे।

राजा के माता-पिता नहीं थे और वह अपनी विलक्षण प्रतिभा के धनी महामंत्री यौगंधरायण की सलाह पर काम करता था। मंत्री जानता था कि शासक के युवा और अनुभवहीन होने के कारण अन्य राजा राज्य पर आँखें गड़ाए रहते थे। इस कारण वह हमेशा उदयन से कहता, "राजन्! ललित कला के प्रति आपके प्रेम की मैं प्रशंसा करता हूँ; किंतु आप एक राजा भी हैं। कृपया अपना ध्यान मात्र अपनी प्रजा के कल्याण पर लगाइए और अपने पड़ोसी राज्यों से कूटनीतिक संबंध रखिए।'

किंतु राजा उदयन हमेशा उसकी बात टाल देते थे।

अवंति के शासक और पड़ोस के राजा प्रद्योत की एक सुंदर पुत्री थी, जिसका नाम वासवदत्ता था। लगभग हर क्षेत्र में वह उत्कृष्ट थी। प्रद्योत अपनी पुत्री के लिए उपयुक्त वर की खोज में था, किंतु किसी में उसकी पुत्री के जितना कौशल नहीं था। लोग सदैव राजा से कहा करते थे, "मात्र उदयन ही

उसका उपयुक्त पति हो सकता है; किंतु वह विवाह नहीं करना चाहता है। वह अपनी वीणा के साथ ही प्रसन्न है और उसके पास किसी और के लिए थोड़ा भी समय नहीं है।"

सोच-विचार के बाद प्रद्योत ने एक योजना बनाई। उसने अपने राज्य के सबसे कुशल बढ़इयों को बुलवाया और उनसे कहा कि वे एक विशालकाय हाथी बनाएँ, जो लगे, जैसे जीवित हाथी है और जो अंदर से खोखला हो।

वह जब बनकर तैयार हो गया, तब प्रद्योत ने अपने सैनिकों से कहा कि वे उसमें बैठ जाएँ और उस हाथी को अपने राज्य के छोर पर, ठीक उदयन के राज्य की सीमा के पास रखवा दिया। उसी समय दोनों राज्यों में यह अफवाह फैली कि एक विशालकाय हाथी अवंति के जंगलों में घुस गया है और लोगों के बीच तबाही मचा रहा है।

शीघ्र ही यह समाचार महाराज उदयन तक पहुँचा, जो वीणा बजाने के लिए वन के लिए निकलने वाला था। यौगंधरायण ने उसे रोका, "राजन्! हमें जो समाचार मिला है, उसके पीछे कोई चाल लगती है। अब तक हमारे किसी व्यक्ति ने इसकी पुष्टि नहीं की है कि वैसा कोई विशालकाय हाथी सच में है। हमारे लोगों ने राज्य के भीतर किसी प्रकार की अनहोनी की सूचना नहीं दी है। यदि यह समाचार सही है तो आसपास इतना भय क्यों नहीं और क्यों प्रद्योत ने इस संबंध में अब तक कुछ भी नहीं किया है? मेरी आशंका है कि इसके पीछे कोई दूसरी ही बात है। मैं आपसे कहूँगा कि आज आप वन में अपने निश्चित स्थान पर न जाएँ; किंतु आप जाना ही चाहते हैं तो मैं कहूँगा कि आप अपने साथ हमारे कुछ सबसे अच्छे सैनिकों को ले जाएँ।"

राजा उदयन वन में जाने पर अड़ा था। अपने मंत्री के बार-बार आग्रह करने पर वह आधे मन से कुछ सैनिकों को साथ ले जाने पर सहमत हुआ।

वन में पहुँचने के बाद वह अपनी वीणा 'घोषवती' को बजाने लगा और अनेक हाथी सुनने चले आए। उसी समय उसने देखा कि कुछ दूरी पर एक बड़ा हाथी खड़ा है, जो संगीत से दूर जा रहा है। उसने अपने सैनिकों से कहा, "आज तक कभी कोई हाथी मुझसे दूर नहीं भागा है। इसके विपरीत, सबसे

जंगली हाथी भी आता है और मुझे क्षति पहुँचाए बिना संगीत के आगे खुद को समर्पित कर देता है। मुझे लगता है कि तुम लोगों की उपस्थिति के कारण वह यहाँ नहीं आ रहा है। इसलिए तुम सब चले जाओ। यह मेरा आदेश है।"

न चाहते हुए भी सैनिक पीछे हट गए और राजा को दूर से देखने लगे। राजा उदयन ने अपनी वीणा उठाई और अवंति के हिस्सेवाले वन में चला गया। उसने हाथी को देखा, किंतु संगीत बजने पर भी वह उससे दूर भाग रहा था। राजा उदयन को समझ नहीं आ रहा था कि ऐसा क्यों हो रहा है? उसे लगा कि हाथी का व्यवहार 'घोषवती' का अपमान है। इसलिए वह हाथी के पीछे-पीछे वन में और अंदर चला गया। वह जब अवंति राज्य में बहुत अंदर तक प्रवेश कर गया, तब हाथी के खोखले पेट से सैनिक बाहर निकल आए और उसे बंदी बना लिया। पूरे सम्मान के साथ उन्होंने उसे राजा प्रद्योत के सामने प्रस्तुत किया।

राजा प्रद्योत उदयन को देखकर बहुत प्रसन्न हुआ। वह जानता था कि यदि वह उदयन से आग्रह करेगा कि वह उसकी पुत्री से विवाह कर ले तो राजा इनकार कर देगा। इसलिए उसने एक चाल चली और उदयन के साथ बंदी जैसा व्यवहार न करने का निर्णय लिया। इसके विपरीत, प्रद्योत ने उसके साथ महत्त्वपूर्ण अतिथि के जैसा व्यवहार किया और कहा, "प्रिय उदयन, तुम्हें इस प्रकार यहाँ लाने के लिए मैं क्षमा चाहता हूँ। मेरी एक कुरूपा और क्रोधी पुत्री है, जिसमें कुछ भी सीखने की योग्यता नहीं है। यदि तुम उसे वीणा बजाना सिखा दो तो मैं सहर्ष तुम्हें मुक्त कर दूँगा। तुम एक बहुत अच्छे गुरु के रूप में विख्यात हो और वीणा तुम्हारी बात मानती है; ठीक वैसे ही, जैसे जंगली जानवर! मुझे विश्वास है कि मेरी पुत्री तुमसे कुछ-न-कुछ अवश्य सीख लेगी, किंतु याद रहे कि पाठ के दौरान तुम दोनों के बीच सदैव एक परदा रहेगा और तुम कभी उसका चेहरा मत देखना। नहीं तो उसकी कुरूपता के कारण तुम यहाँ से भाग जाओगे।"

बाद में प्रद्योत ने अपनी पुत्री वासवदत्ता को अपने निजी कक्ष में बुलवाया और कहा, "मैंने अभी-अभी एक घमंडी राजा को अपना बंदी बनाया है। वह

वीणा अच्छी बजा लेता है, किंतु वह बहुत कुरूप और क्रोधी है। मैंने सोचा कि उसके यहाँ होने का तुम लाभ उठा लो और वीणा सीख लो; किंतु उसकी ओर कभी नहीं देखना, नहीं तो उसके विकृत रूप को देखकर तुम भाग जाओगी। वह जो शिक्षा तुम्हें देगा, उस पर ध्यान देना, उसका सम्मान करना और उसके रूप के विषय में मत सोचना। वैसे भी, गुरु तो महान् ही होता है!"

इस प्रकार, उसने दोनों की आशाओं को कम कर दिया। वासवदत्ता और उदयन ने एक निजी कक्ष में संगीत के अपने पाठ का आरंभ किया, जहाँ दोनों के बीच एक परदा रहता था।

उदयन को जल्दी ही समझ आ गया कि वासवदत्ता होनहार छात्रा है। वह बड़ी तेजी से सीख रही थी।

एक दिन अपने सबक के दौरान उसने गलत सुर बजा दिया। उदयन नाराज हो गया, "राजकुमारी, तुम न केवल कुरूप और घमंडी हो, बल्कि तुमने पिछले सबक का अभ्यास भी अच्छी तरह नहीं किया। सुंदरता तो भगवान् के हाथों में होती है; किंतु तुम इतना तो कर ही सकती हो कि अपनी शिक्षा पर ध्यान दो।"

वासवदत्ता को क्रोध आ गया, "अधम राजा, तुम्हें एक राजकुमारी का सम्मान करना सीख लेना चाहिए। मैं मानती हूँ कि मुझसे चूक हुई, किंतु इसका कारण यह था कि मैं यहाँ आने की शीघ्रता में थी और आज मैंने पाठ का अभ्यास नहीं किया। गुरु को अपने शिष्यों के प्रति दयालु होना चाहिए और उन्हें अच्छी तरह सिखाना चाहिए। ऐसा लगता है कि न तो तुम्हारा रूप अच्छा है, न ही तुममें गुरु की योग्यता है।"

दोनों के बीच खूब कहा-सुनी हुई और क्रोध में दोनों परदे तक आ गए। राजकुमारी ने उसे हटा दिया। अचानक दोनों की दृष्टि आपस में मिल गई। दोनों ही अद्‌भुत सुंदरता के धनी थे और उसी क्षण दोनों में प्रेम हो गया। प्रद्योत की पूरी चाल ही यही थी।

उस दिन के बाद से उदयन हर दिन वासवदत्ता को देखने के लिए तरसने

लगा। वीणा की शिक्षा पीछे छूट गई और उसकी बजाय वे बस, बातें करते रहते, बगीचे में घूमते और साथ-साथ समय बिताते।

जल्दी ही उदयन की उससे विवाह करने और अपने राज्य लौटने की इच्छा हुई; किंतु राजा का बंदी होने के कारण उसे प्रद्योत से उसकी पुत्री का हाथ माँगने में संकोच हो रहा था। उसने किसी प्रकार अपने महामंत्री यौगंधरायण को एक गुप्त संदेश भिजवाया, जो राजा की अनुपस्थिति में राज-काज सँभालने में व्यस्त था और इच्छा जताई कि वह राजकुमारी वासवदत्ता को लेकर भाग जाना चाहता है।

एक रात यौगंधरायण ने राजा को वावसदत्ता को भगा ले जाने के लिए 'भद्रा' नाम की हथिनी को भेजा। राजा प्रद्योत को इस चाल की जानकारी मिल गई, किंतु उसने अगली सुबह तक कुछ भी न करने का निर्णय लिया। राजकुमारी वासवदत्ता और राजा उदयन महल से भाग गए और 'भद्रा' उन्हें लेकर वत्स देश लौट आई।

अगले दिन प्रद्योत ने राजकीय बंदी के साथ अपनी पुत्री के भाग जाने पर भयंकर क्रोध का नाटक किया और उन्हें पकड़कर लाने के लिए कुछ सैनिक भेज दिए; जबकि वह जानता था कि जब तक उसके सैनिक ऐसा करेंगे, तब तक दोनों वत्स की राजधानी कौशांबी पहुँच चुके होंगे, जैसा अनुमान था, सैनिक खाली हाथ लौट आए।

राजा उदयन ने जल्दी ही एक भव्य समारोह में वासवदत्ता से विवाह कर लिया। पति-पत्नी साथ-साथ सुखमय जीवन बिताने लगे। राजा उदयन में अब भी कोई परिवर्तन नहीं आया, क्योंकि वे अब भी दरबार नहीं जाते थे और अपना अधिकांश समय वासवदत्ता के साथ बिताते थे। दोनों में एक-दूसरे के प्रति प्रेम और समर्पण था। कई बार वासवदत्ता ने भी अपने पति से कहा कि वे अपने राज-काज को अधिक समय दें; किंतु उदयन ने अपने तौर-तरीके नहीं बदले।

समय बीतता गया और यौगंधरायण को राज्य के भविष्य की चिंता

सताने लगी। एक दिन जब उदयन महल से दूर गया हुआ था, तब महामंत्री रानी से मिलने उनके कक्ष में पहुँचे और उन्हें राज-काज की स्थिति से अवगत कराया, "रानी वासवदत्ता, मैं आग्रह करता हूँ कि मेरी चिंता को समझिए। हमारा राज्य छोटा है और हमारे पड़ोसी विशाल और शक्तिशाली। यदि परिस्थितियाँ भिन्न होतीं तो राजा को सुझाव दिया जा सकता था कि कूटनीतिक कारणों, न कि प्रेम के कारण वह हमारे बड़े पड़ोसी राज्यों की राजकुमारियों से विवाह करें।"

"हमारा एक पड़ोसी मगध राज्य हम पर आक्रमण के लिए तैयार है। यदि ऐसा हुआ तो हम सब समाप्त हो जाएँगे। पद्मावती मगध की राजकुमारी है और मेरा सुझाव है कि शांति बनाए रखने के लिए हमारे राजा उससे विवाह कर लें। यदि हम मगध के राजा से उनकी पुत्री का हाथ दूसरे विवाह के लिए माँगते हैं तो आपके प्रति महाराज उदयन के प्रेम और लगाव की इतनी चर्चा है कि वे इसके लिए तैयार नहीं होंगे। कोई भी राजा अपनी पुत्री का ऐसा विवाह करने से पहले सौ बार सोचेगा। मेरा आग्रह है कि मैंने आपसे आज जो कहा है, उस पर विचार कीजिए।"

यौगंधरायण के जाने के बाद वासवदत्ता चिंतित हो गई। वह स्वयं एक राजकुमारी थी और जानती थी कि राजकीय विवाह अकसर राज्य के हित के लिए तय किए जाते थे। उसके सामने एक बड़ी चुनौती अपने पति को फिर से विवाह के लिए सहमत करने की थी। किसी भी स्त्री के लिए अपने पति से दोबारा विवाह के लिए कहना बहुत कठिन होता है, भले ही वह ऐसा समय था, जब ऐसा करना राजा का विशेषाधिकार और सही माना जाता था।

जल्दी ही वासवदत्ता ने मन बनाया और राजा से सबकुछ खुलकर बता दिया। वहाँ उपस्थित यौगंधरायण ने भी रानी का समर्थन किया और इस पर बल दिया कि प्रजा की भलाई के लिए ऐसा राजनीतिक विवाह कितना महत्त्व रखता है।

उदयन ने प्रस्ताव को सीधे ठुकरा दिया, "वासवदत्ता, जब तक तुम मेरे

साथ हो, किसी भी दूसरी स्त्री को मैं अपनी पत्नी नहीं बना सकता।"

अगले दिन यौगंधरायण एक और योजना के साथ आया और वासवदत्ता को उसके विषय में बताया, "रानीजी, इस समस्या का मैंने एक और रास्ता निकाला है। राजा कहते हैं कि वे फिर से विवाह नहीं करेंगे, कम-से-कम अनुमानतः तब तक नहीं, जब तक कि आप जीवित हैं। इसलिए चलिए, कुछ समय के लिए हम मान लेते हैं कि आप मर चुकी हैं! एक बार राजा का विवाह पद्मावती से हो जाएगा तो आप सुरक्षित लौट सकती हैं। महाराज उदयन के लिए आपका प्रेम शाश्वत है और आप दोनों से अधिक इसका अनुभव कोई नहीं कर सकता। आपका क्या कहना है? क्या इस योजना में आप हमारी सहायता करेंगी?"

पहले तो वासवदत्ता चकित रह गई, किंतु उसने इस पर जितना विचार किया, उतना ही उसे यह लगने लगा कि राज्य और प्रजा की रक्षा के लिए यौगंधरायण की योजना ही एकमात्र विकल्प है। रानी के रूप में ऐसा करना उसका कर्तव्य भी था। उसके लिए उदयन को छोड़कर जाना कठिन था; किंतु वह जानती थी कि सबकी भलाई के लिए उसे ऐसा करना पड़ेगा।

एक सप्ताह के भीतर योजना के आरंभ का समय आ गया। रानी वासवदत्ता ने यौगंधरायण के साथ एक उत्सव के लिए लवणिका जाने की योजना बनाई। राजा उदयन भी उनके साथ जाना चाहता था, किंतु रानी ने उसे ऐसा नहीं करने दिया। कुछ समय बाद उदयन को समाचार मिला कि उत्सव के दौरान बहुत भयंकर आग लगी और उसकी रानी वासवदत्ता की उसमें जलकर मृत्यु हो गई।

उदयन इस दुःख को सह नहीं सका। उसे अपने आप पर क्रोध आया—'मैं वासवत्ता के साथ क्यों नहीं गया? कम-से-कम हम साथ-साथ मर तो सकते थे। इस तरह दुःख में जीने से तो अच्छा होता!'

उसने अपने मंत्री यौगंधरायण को भी भला-बुरा कहा। 'उसने मेरी रानी की रक्षा क्यों नहीं की?' लेकिन अब बहुत देर हो चुकी थी। राजा जानता था कि अब कुछ नहीं हो सकता।

चोरी–छुपे यौगंधरायण वासवदत्ता को अपने घर ले गया और वहाँ वह सबसे छिपकर रहने लगी।

कई महीने बाद यौगंधरायण ने अवसर देखते ही राजा के पास एक बार फिर पद्मावती से विवाह का प्रस्ताव रख दिया। न चाहते हुए भी राजनीतिक कारणों से उदयन सहमत हो गया और इस कारण भी कि रानी वासवदत्ता अब उसके साथ नहीं थी।

जल्दी ही विवाह की तैयारियाँ होने लगीं और दुलहन पक्ष के लोग पहुँच गए। मंत्री के घर में रानी वासवदत्ता बेचैन हो उठी और उससे अब और वहाँ नहीं रहा गया। उसके भीतर अपने पति को उसके विवाह से पहले एक बार देखने की गहरी इच्छा जाग उठी।

एक दिन दोपहर में उदयन विवाह के सभागार से सटे अपने कक्ष में सो रहा था।

वासवदत्ता ने एक साधारण सी साड़ी में अपने सिर और चेहरे को ढँक लिया। चुपके से वह कक्ष की ओर बढ़ने लगी।

वह जैसे ही अंदर आई, उसने देखा कि उदयन नींद में बड़बड़ा रहा है, "वासवदत्ता, यदि लवणिका में तुम्हारी मृत्यु नहीं होती तो हम आज कितने प्रसन्न होते! तुम्हारे बिना मेरा जीवन अधूरा है…"

वासवदत्ता अपने आँसुओं को रोक नहीं पाई। वह उसके पास गई और धीरे से कहा, "मैं सदैव तुम्हारे साथ हूँ।" उसने आखिरी बार राजा को देखा और तुरंत उस कक्ष से बाहर निकल गई।

राजा अचानक नींद से जागा। उसने यौगंधरायण को बुलवाया और उससे कहा, "वासवदत्ता मरी नहीं है। वह जीवित है। मैंने उसे अपने सपने में देखा था। मुझे विश्वास है कि वह जीवित है। वह मेरे कक्ष में आई और उसने मुझसे बात की। उसने साधारण सी साड़ी पहनी थी। तुम इस विवाह को रोककर उसकी खोज क्यों नहीं करते?"

यौगंधरायण मुसकराने लगा। "राजन्, रानी वासवदत्ता जीवित नहीं हैं।

उनके प्रति अपने अगाध प्रेम के कारण आपने उन्हें सपने में देखा। यह मात्र एक स्वप्न है—स्वप्नवासवदत्ता!"

इस बीच वासवदत्ता ने दूर रहकर ही दुलहन को देखने का निर्णय किया। सभी उसे तैयार करने में जुटे थे।

एक दासी ने वासवदत्ता को देखा और उसे फूलवाली महिला समझ बैठी। "विवाह के लिए दो मालाएँ तैयार कर दो।" उसने कहा और आदेश दिया कि वहीं बैठकर जल्द-से-जल्द काम पूरा करे। वासवदत्ता अपने पति के विवाह के लिए दो मालाएँ बनाने लगी और इसके लिए उसने माला बनाने की अपनी अनोखी विधि का प्रयोग किया, जिसे 'कौतुकमाला' कहते हैं। मालाएँ तैयार करते-करते उसकी उदासी बढ़ती गई और काम पूरा होने तक वह अपने आँसुओं को रोक नहीं पाई।

विवाह की रस्मों के दौरान एक-दूसरे को माला पहनाई गई और जोड़े का विधिवत् विवाह संपन्न हो गया।

वासवदत्ता आँखों में आँसू लिये एक परदे के पीछे खड़ी थी।

उदयन ने अपने गले के चारों ओर लिपटी माला पर उँगलियों को फेरा। उसे कुछ महसूस हुआ और उसने जोर से कहा, "निश्चित रूप से इस माला को वासवदत्ता ने बनाया है। कोई और ऐसा कर ही नहीं सकता, क्योंकि मैंने ही उसे 'कौतुकमाला' बनानी सिखाई थी। वह जीवित है, मुझे विश्वास है और अब मैं किसी भी हाल में उसे देखना चाहता हूँ।"

यौगंधरायण आगे आया और कहा, "राजन्, सबकुछ मेरा किया-धरा है। मुझे क्षमा कर दीजिए। रानी निश्चित रूप से जीवित हैं और स्वस्थ हैं तथा उन्होंने वही किया, जो राज्य को आक्रमण से बचाने के लिए आवश्यक था। कृपया हम दोनों को क्षमा कर दीजिए।"

मंत्री ने अपनी बात जैसे ही पूरी की, वासवदत्ता परदे के पीछे से सामने आ गई। राजा ने जब उसे देखा तो उनकी खुशी का ठिकाना नहीं था और उन्होंने अपने विवेकवान् मंत्री को क्षमा कर दिया।

नई दुलहन पद्मावती वासवदत्ता के पास आई और उसे प्रणाम कर अपनी बहन स्वीकार कर लिया।

नई सूझ-बूझ और बुद्धिमानी के साथ उदयन दोनों रानियों के साथ खुशी-खुशी रहने लगा।

संस्कृत साहित्य का यह प्रसिद्ध नाटक इस भाषा की एक सर्वोत्तम रचना मानी जाती है। वासवदत्ता और उदयन के बीच का सच्चा प्रेम आगे आनेवाले संस्कृत साहित्य में प्रेरणा के रूप में प्रयोग किया गया।

□

भुला दी गई पत्नी

असाधारण शैक्षणिक योग्यता रखनेवाले वाचस्पति मिश्र का जन्म मगध (आज के बिहार) के मिथिला क्षेत्र में वर्ष 900 से 980 के बीच किसी समय पर हुआ था। उनकी अकेली माँ ने उन्हें पालने-पोसने में कई तरह की मुश्किलों का सामना किया।

वाचस्पति जब युवा हुए, तब उनकी माँ ने उनका विवाह करने का मन बनाया। जल्दी ही अपने बेटे के लिए उन्हें पड़ोस के गाँव की एक लड़की मिल गई, जिसके बारे में उन्होंने वाचस्पति से बात की।

"मेरा एकमात्र उद्देश्य 'वेदांत सूत्रों' या 'ब्रह्म सूत्रों' पर एक भाष्य, एक टीका लिखना है। शास्त्र मेरे लिए बहुत महत्त्व रखते हैं और मुझे प्रिय भी हैं और उन पर टीका लिखकर मैं देश की सेवा करना चाहता हूँ।" वाचस्पति ने अपनी माँ से कहा। "एक बार मैंने भाष्य लिखना शुरू कर दिया तो मैं उसमें डूब जाऊँगा और एक पति या पिता के कर्तव्य नहीं निभा पाऊँगा। आप इस बात को समझती हो, माँ! यह बात लड़कीवालों को बता दो; लेकिन माँ, मुझे एक बात बताओ, यह सब सुनने के बाद भी क्या तुम चाहती हो कि मैं विवाह कर लूँ?"

वत्सला अपने बेटे के निर्णय से हैरान रह गईं। उन्हें लगा कि उसका विवाह करना और एक लड़की के जीवन को बरबाद करना ठीक नहीं होगा। हिचकिचाते हुए उन्होंने अपने बेटे के मन की बात लड़की के पिता को बता

दी। लड़की के पिता को वाचस्पति की स्पष्टवादिता, विनम्रता और ईमानदारी अच्छी लगी और उन्होंने अपनी बेटी से उसकी राय माँगी। लड़की ने कहा, "मैं उनसे विवाह करूँगी और उनकी शर्त का पालन करूँगी।"

वाचस्पति को प्रसन्नता हुई। उन्हें लगा कि यह लड़की जरूर विशेष होगी, क्योंकि उसने आगे आनेवाली कठिनाइयों को जानने के बाद भी उसे चुना।

व्यास पूर्णिमा के शुभ दिन दोनों का विवाह कर दिया गया। यह उनके लिए भाष्य लिखना आरंभ करने का भी सबसे अच्छा समय था। विवाह के बाद जैसे ही वे घर पहुँचे, बरामदे में बैठ गए और लिखना शुरू कर दिया। कई दिन बीत गए। उनकी माँ वत्सला उन्हें जो भी चाहिए होता, लाकर दे देतीं, जबकि उनकी पत्नी सबकुछ देख रही थी।

महीने बीते, ऋतुएँ बदलीं एवं कई साल बीत गए और वाचस्पति अपने काम में जुटे रहे। कुछ वर्ष बाद उनकी माँ चल बसीं। अब उनकी पत्नी ने उनकी देखभाल का काम सँभाल लिया। उनकी भौतिक जरूरतें काफी कम थीं—स्नान, भोजन और कुछ घंटों की नींद।

कई वर्षों तक उनकी नजरों से दूर रहकर बिना किसी आशा के वह उनकी सेवा करती रही। ताड़ के जिन पत्तों पर वे लिख रहे थे, वे पास ही थे, दीये में पूरी रात के लिए तेल भर दिया जाता था, उनके कपड़े धुल जाते, समय पर ताजा भोजन दिया जाता और उनके काम में कभी खलल नहीं डाला जाता। वाचस्पति ने यह कभी सोचा ही नहीं कि उनकी देखभाल कितनी अच्छी तरह की जा रही थी!

आखिरकार एक रात उन्होंने अपनी टीका पूरी कर ली। उन्होंने अपनी कलम रखी और खड़े हो गए। उनकी खुशी का ठिकाना नहीं था। आखिर उनके जीवन की सबसे बड़ी रचना पूरी हो गई थी।

मद्धिम रोशनी में उन्होंने कमरे के कोने में एक बूढ़ी महिला को सोते देखा।

हलकी सी आवाज पर वह हिलती-डुलती नींद से जाग गई।

वाचस्पति ने उससे पूछा, "बूढ़ी स्त्री, तुम कौन हो ? इस समय मेरे कमरे में क्या कर रही हो ?"

"मैं आपकी पत्नी हूँ। दशकों पहले आपका मुझसे विवाह हुआ था। इतने समय तक आप लेखन में इतने व्यस्त थे कि मैंने कभी आपको टोका नहीं।"

वाचस्पति स्तब्ध रह गए। उन्हें अपनी सुंदर युवा पत्नी थोड़ी-बहुत याद थी, जो स्पष्ट रूप से अब यही बूढ़ी महिला थी। सच में, इतना समय बीत चुका था ? फिर उन्होंने अपनी छवि तेल के दीये में देखी और लगा, जैसे वे स्वयं को भी पहचान नहीं पा रहे थे! उनका चेहरा किसी बूढ़े आदमी का था।

वाचस्पति अपनी पत्नी के पास गए और उसके हाथों को देखा। उन्हें याद आया कि ये वही हाथ थे, जो उन्हें भोजन देने और उनके दीयों में तेल भरने का काम करते थे। वे इन हाथों को पहचानते थे, लेकिन उसके चेहरे को कभी नहीं देखा था। उनकी आँखों से झर-झर आँसू बहने लगे।

"मैंने तुम्हारे साथ घोर अन्याय किया है। मैंने तुम्हारे प्रति अपना कर्तव्य नहीं निभाया, जबकि तुम अपना धर्म निभाती रहीं। मेरा सौभाग्य है कि मुझे तुम्हारे जैसी स्त्री मिली, जिसने मुझे इतना निस्स्वार्थ प्रेम दिया, मेरे साथ धैर्य रखा और उदार हृदय से मुझसे व्यवहार किया। तुम सच में अद्‍भुत हो। तुम्हारा नाम क्या है ?"

बूढ़ी महिला मुसकराने लगी। उसने कहा, "मैंने आपकी शर्त मानी और आपसे विवाह किया, स्वामी! मैं जानती हूँ कि जब आपने दर्शनशास्त्र में इस महान् ऊँचाई को छुआ है तो आपको किसी ऐसे की जरूरत पड़ेगी, जो आपके साथ दयालुता व प्रेम से व्यवहार करे और मुझसे जो हो सकता था, वह सब मैंने किया। मेरा नाम भामती है।"

वाचस्पति ने अपनी पत्नी को देखा और कहा, "मैंने इस रचना को तुम्हारा नाम दिया है। जो भी इसे पढ़ेगा, उसे मेरा नाम याद रहे या नहीं, लेकिन उसे तुम्हारा नाम अवश्य याद रहेगा। किसी पुरुष के प्रत्येक महान् कार्य के पीछे सदैव किसी स्त्री से मिलनेवाला बिना शर्त प्रेम होता है, जिसे उस पुरुष

से कहीं अधिक पहचान मिलने का अधिकार होता है। इस संसार को यह बताने के लिए तुम इतिहास में सबसे अच्छा उदाहरण होगी कि स्त्रियाँ इन रचनाओं से अधिक महान् होती हैं।"

वर्तमान युग में हमें वाचस्पति मिश्र के विषय में अधिक जानकारी नहीं है, लेकिन अद्वैत वेदांत की 'भामती विचारधारा' के विषय में सभी जानते हैं। आज भामती का नाम असीम धैर्य और बिना शर्त प्रेम का पर्याय बन चुका है।

□□□